AF199604

Michael Masberg ist Autor, Regisseur, Veranstalter, Kurator und Bühnenkünstler. Er arbeitet für renommierte Theater und Festivals, entwickelt große Shows und wirkt in interdisziplinären Szenenetzwerken.

Als Sam Greb erzählt er *Geschichten aus der Fieberwelt*. Für das Rollenspiel *Das Schwarze Auge* war er an über drei Dutzend Publikationen als Autor und Redakteur beteiligt und schrieb drei Romane, darunter *Salon der Schatten*. Aus seiner Feder stammen zudem die Kurzgeschichtensammlung *8 Seelen* und der Fantasyroman *Die ewig Lächelnde*.

Michael Masberg lebt in Essen.

www.michael-masberg.de

MICHAEL MASBERG

GEDANKEN FÜR DIE VERGESSENEN

ERZÄHLUNGEN

Impressum

Michael Masberg
Rellinghauser Straße 131
45128 Essen
www.michael-masberg.de

Bibliografische Information der Deutschen Nationalbibliothek:
Die Deutsche Nationalbibliothek verzeichnet diese Publikation in
der Deutschen Nationalbibliografie; detaillierte bibliografische
Daten sind im Internet über http://dnb.d-nb.de abrufbar.

Titelbild: © 2015 Michael Masberg

Umschlagdesign: Christoph Höhne
Satz & Layout: Michael Masberg
Lektorat: Isabelle Rondinone
Korrektorat: Christina Masberg

Herstellung und Verlag:
BoD – Books on Demand, Norderstedt

1. Auflage 2019
ISBN Print: 978-3-7504-1839-4
ISBN Ebook: 978-3-7504-7458-1

Widmung

Für meine Eltern
Marianne und Karl-Heinz,
in allen Zeiten.

Inhalt

TEIL 1: ZWISCHEN DEN ZEITEN

Der innere Wald

Ich sitze vor meinem Computer, ganze Welten vor mir, und langweile mich. Ich könnte eine Serie schauen oder eine Dokumentation über Oktopoden, die ich noch nicht kenne. Nachrichten wären eine Möglichkeit, sind mir jedoch zu anstrengend. Ebenso wie der Versuch, mit Musik die Stille zu vertreiben. Und das Telefon liegt zu weit von mir entfernt, um jemanden anzurufen. Zumal mich gerade niemand so sehr interessiert, dass ich mit ihm sprechen müsste.

Ich überlege, etwas zu schreiben. Seit Wochen beschwere ich mich darüber, dass ich keine Zeit zum Schreiben finde. Jetzt rede ich mir ein, dass die Zeit zum Schreiben mich noch nicht gefunden hat.

Ich mache irgendetwas, dessen Vorgang ich schon vergesse, bevor ich ihn vollends ausgeführt habe.

Eine Unendlichkeit der Möglichkeiten: Der Stapel der ungelesenen Bücher ist jüngst erst wieder auf fünf angewachsen, obwohl ich ihn zwischenzeitlich schon auf zwei runter hatte. Mindestens drei E-Mails verdienen meine Beachtung, ihre Beantwortung würde mir den nächsten Morgen erleichtern. Ein Freund wartet auf meine Anmerkungen zu seiner Geschichte, die ich eigentlich Lust hätte zu lesen. Und, nicht zu vergessen, die notierten Schlagworte in meinem Notizbuch, zu denen ich etwas recherchieren wollte. Überhaupt, mein Notizbuch ... Vielleicht sollte ich doch etwas schreiben.

Ich schreibe nicht. Ich sitze da und denke. Ich denke an den Wald. Es gibt dafür keinen besonderen Grund. Plötzlich ist er da und gräbt seine Wurzeln in meine Gedanken. Sie lösen sich auf. Aus alten Zusammenhänge, die mich gar nicht mehr interessierten, entsteht etwas Neues.

Die Wiese ist feucht von einem kleinen Schauer. Sie wurde lange nicht gemäht, das Gras reicht mir bis über die Hüften. Ich bewege mich vorsichtig hindurch. Es gefällt mir nicht, wenn ich nicht sehe, was sich auf dem Boden befindet. Daher mag ich kein hohes Gras und noch weniger frisch gemähtes. Ich habe Angst vor den toten Tieren, die dort verborgen auf dem Boden liegen können. Würde ich auf eines treten, würde ich sterben. Darüber wären meine Eltern sehr unglücklich, und das möchte ich nicht.

Vorsichtig bewege ich mich durch das Gras, vor jedem Schritt einen Blick auf den

Boden gerichtet, einen auf die Umgebung. Ich glaube nicht, dass sie in der Nähe sind. Wenn meine Koordinaten stimmen, bin ich weit von ihren Spähposten abgesetzt worden. Doch man kann nie wissen. Im letzten Herbst hätten sie mich an dieser Stelle fast erwischt. Sie haben von den Apfelbäumen Bomben auf mich geworfen.

Der Waldrand ist bald erreicht. Dort bin ich vor ihren Scannern sicher. Mein Herz klopft. Nur noch wenige Schritte. Ich schaue mich um. Soll ich es wagen zu rennen?

Um ein Haar ist es passiert. Im letzten Moment halte ich inne. Mein Fuß schwebt über einer toten Feldmaus. Ihr Schädel ist aufgeplatzt. Fliegen scharen sich um sie.

Panik erfasst mich. Ich vergesse alle Vorsicht. Mit einem Satz bin ich über den Kadaver gesprungen und renne in den Wald. Meine Augen suchen hektisch nach einem Pfad durch die Brennnesseln, während in mir alle Alarmglocken schrillen. Wenn ich mich geirrt habe, wenn doch Spähposten in der Nähe sind, dann war es das für mich. Jetzt müssten sie mich sehen!

Ich hetze durch die Brennnesseln, ihre Blätter vergiften meine nackten Waden. Ein

Sprung, und ich bin im Wald. Ich renne zu einem kleinen Baum, klettere den glitschigen Stamm hinauf und kauere mich in eine Astgabel.

Mein Blick gleitet über die Wiese. Alles scheint ruhig. Doch bewegt sich dahinten nicht etwas im Gras? Und dort? Normalerweise wagen sie sich nicht in den Wald, da sie sich wegen der Bäume nicht auf ihre Scanner verlassen können. Aber wenn sie meine Fährte haben, werden sie nicht einfach aufgeben.

Ich klettere vom Baum. Jetzt darf ich kein Risiko eingehen. Meine einzige Hoffnung ist, schnell weiter in den Wald vorzudringen, um sie dort abzuschütteln. Vom Boden hebe ich einen langen Ast auf. Mit ihm kann ich mich zur Not verteidigen. Seine feuchte Rinde malt grünliche Streifen auf meine Handflächen.

Ich laufe weiter in den Wald hinein. Die normalen Pfade meide ich. Wenn es sich nicht vermeiden lässt, kreuze ich sie schnell. Die Bäume und Büsche sind meine Verbündeten. Bei ihnen bin ich sicher. Mich darf niemand entdecken.

Ich muss das Wrack finden. Es ist älter als ich, älter als meine Eltern und sogar älter als

Opa. Es ist immer schon da gewesen. Nur wusste bisher niemand, wo man es findet, obwohl alle danach suchen. Ich habe die Koordinaten. Wenn ich es erreiche, kann ich das große Rätsel um die sprechenden Steine lösen, und die Wissenschaftler holen mich nach Hause.

Plötzlich höre ich ein Geräusch. Etwas ist in meiner Nähe. Es schleicht sich genau wie ich durch das Unterholz. Ist es einer meiner Feinde? Ich suche mir ein Versteck, halte den Stock fest umklammert und lausche. Wieder höre ich das Geräusch. Es ist ganz nah.

Dann ist es ruhig. Ich spüre seine Nähe, doch es bewegt sich nicht. Hat es mich entdeckt? Belauert es mich ebenso wie ich es? Ich habe nur eine Chance, wenn ich es überraschen oder ablenken kann. Ein Treffer aus ihren Kanonen und ich bin geliefert.

Vorsichtig verlagere ich mein Gewicht. Unter meinem Fuß knackt etwas.

Sofort werfe ich mich auf den feuchten Boden. Das Wesen rennt los. Es macht einen fürchterlichen Lärm. Bevor ich mein Gesicht in den Boden drücke, sehe ich Fell. Dann sehe ich nichts mehr.

Die Geräusche verstummen. Der Wald ist wieder still. Vorsichtig hebe ich den Kopf. Ich bin alleine. Und voller Matsch. Aber ich lebe, daher wird Mama sicherlich nicht lange schimpfen.

Vielleicht ist es nur ein Tier gewesen. Aus den neuesten Berichten der Wissenschaftler weiß ich, dass unsere Feinde hundeartige Bestien einsetzen, die ein gestreiftes Fell wie Tiger haben. Aber ein Tigerhund hätte sich auf mich gestürzt und wäre nicht weggerannt.

Ich habe Glück. Vielleicht hat es wirklich keine Spähposten gegeben. Oder ich konnte sie abhängen. Mit neuem Mut nehme ich die Richtung auf, die mir die Koordinaten vorgeben. Hoffentlich verlaufe ich mich nicht.

Das Wrack der Steinrakete kann nicht weit sein. Von den Außerirdischen, die hier einst gelandet sind, sind nur die sprechenden Steine geblieben. Und die verstreuten, versteckten Reste ihrer Raumschiffe. Unsere Feinde ahnen nicht, was hier in diesem Wald verborgen liegt. Und ich kann es vor ihnen finden.

Ich erreiche ein altes Flussbett. Durch den zurückliegenden Regenschauer haben sich Pfützen und Schlamm in ihm gebildet. Ich muss springen. Es ist nicht breit, aber ich will nicht abrutschen und hineinfallen. Zumal der Schlamm nicht das sein könnte, was er vorgibt. Ich könnte in ihm versinken.

Mit einem beherzten Sprung schaffe ich es auf die andere Seite, doch mein linker Fuß findet keinen Halt. Mein Stock rettet mich. Ich kann mich fangen und klettere die Böschung nach oben.

Meine Armbanduhr, die auch ein Kompass und mit dem Hauptcomputer verbunden ist, weist mir den Weg. Ich tauche unter Büschen und Ästen hindurch, und plötzlich stehe ich vor einem Stein. Er ist groß und schwer und sehr alt. Ich halte meine Uhr über ihn. Er stammt von dem Wrack!

Und dann sehe ich zwischen den Bäumen etwas, das wie eine Mauer aussieht. Aber es ist keine Mauer, es ist das Wrack. Ein künstlicher Steinring, verborgen im Wald. Vielleicht ist es nur der Antrieb der Felsenrakete. Aber vielleicht stimmen die Gerüchte und es handelt sich um die abgesprengte Kommandoebene.

Das Wrack liegt auf einem Hügel. Ich schleiche näher – und höre Stimmen. Erschrocken verstecke ich mich zwischen den Büschen. Sollte ich zu spät sein? Haben unsere Feinde eine Forschungsmission ausgeschickt, die schneller war? Ich unterscheide mehrere Stimmen, mindestens drei. Ich bin ihnen unterlegen, doch nicht bereit, schon aufzugeben.

Geduckt klettere ich den Hügel hinauf und hocke mich hinter die Steine. Durch eine Lücke kann ich hineinblicken. Ich schaue in ein gemauertes Rund, ahne, wo die Fenster waren, und entdecke eine niedrige Treppe. Ohne Zweifel eine höhere Ebene der Steinrakete! Hier könnte ich die Antworten auf die Fragen der Wissenschaftler finden – wäre ich alleine.

Ich sehe drei Gestalten. Sie gehören nicht zu unseren Feinden. Es sind Wilde. Bärtige Männer in stinkenden Mänteln. Sie trinken Gift aus Weinflaschen und unterhalten sich laut.

Ich bin ratlos und schaue auf meine Uhr. Die Zeit für meinen Auftrag läuft, ich muss rechtzeitig zurück sein. Vielleicht kann ich die Wilden verscheuchen.

»Hey, da ist doch jemand!«, ruft eine Stimme in meine Gedanken herein.

»Zeig dich! Komm doch her!«, rufen andere Stimmen.

Die Wilden haben mich entdeckt. Ohne mich umzuschauen, laufe ich davon. Auf meiner Flucht fällt mir mein Stock aus der Hand, aber ich kann nicht stehenbleiben. Vielleicht verfolgen die Wilden mich. Ich habe zu viel Angst, um über die Schulter zu blicken. Ich renne immer weiter in den Wald hinein, fort von dem Steinwrack, fort von den Wilden.

Schließlich bleibe ich mit zitternden Beinen stehen. Vorsichtig schaue ich zurück. Mir folgt niemand. Vermutlich war ich den Wilden zu schnell.

Doch was nun? Die Mission abbrechen und den ganzen gefährlichen Weg mit leeren Händen zurück? Ich blicke wieder auf die Uhr. Noch habe ich Zeit. Ich könnte mich im Wald verstecken, warten, bis die Wilden weg sind, und dann zum Wrack zurückkehren. Lange kann ich nicht warten, aber ich will es versuchen.

Ziellos wandere ich durch den Wald und denke über einen Plan nach, wie ich die Wilden doch noch vertreiben kann. Ich müsste sie erschrecken, damit sie davonrennen. Doch wovor haben Wilde Angst? Sie sind schrecklicher als vieles andere. Vielleicht vor Gewitter, wie Hunde. Oder vor Monstern. Vor Monstern hat jeder Angst.

Ein Geräusch schreckt mich auf. Ich bleibe ganz still stehen. Neben mir bewegt sich etwas durch die Büsche. Blätter gleiten zur Seite und ich sehe Fell. Es ist ganz nah. Ich halte die Luft an.

Aus den Büschen schreitet ein junges Reh. Es betrachtet mich mit scheuen Augen. Ich mache nichts.

Das Reh legt den Kopf schief, senkt ihn und fängt an zu fressen. Ich höre deutlich, wie sein Maul das Gras rupft. Ich kann es atmen hören. Etwas in mir glaubt, das Tier zu kennen. Als wären wir alte Vertraute, die sich bislang nicht begegnet sind. Ich spüre in mir einen Verlust, den ich noch nicht kenne.

Das Reh schaut auf. Seine Augen bitten mich zu gehen. Ich schüttele den Kopf und setze mich auf den Boden. Ich beobachte, und das Reh lässt es zu.

So sitze ich lange da. Auch ohne auf meine Uhr zu schauen, weiß ich, dass ich gehen muss. Ich bleibe noch etwas länger sitzen, dann stehe ich auf. Es ist, als würden wir uns zum Abschied zunicken, als wir gehen, das Reh in die eine Richtung, ich in die andere.

Einmal noch sehe ich mich um. Das Reh ist längst fort. Die tief stehende Sonne fällt in schwachen Streifen durch das Blätterdach. An einer Stelle, dort, wo wir uns begegnet sind, sehen die Lichtflecken auf dem Boden aus wie eine leuchtende Hufspur. Sie führt tiefer in den Wald hinein.

Die Zeit ist verstrichen, der Wald entlässt mich. Ich sitze immer noch da, zwischen all den Möglichkeiten, die sich bieten, aber sie spielen keine Rolle mehr.

Morgen werde ich im Wald spazieren gehen. Es wird ein anderer, ein fremder Wald sein. In ihm werden Geheimnisse warten, die ich noch nicht kenne. ◆

Irgendwann
wird alles gut

Wie an jedem anderen Tag der vorhergehenden und nachfolgenden Jahre versammelten sich die Berufstrinker der Stadt am Fuß des Förderraddenkmals. Unter ihnen war Mark, der das Vergessen nicht mehr suchen musste. Er lebte im berauschten Jetzt. In dem Augenblick, in dem diese Geschichte beginnt, fiel sein Blick durch weingetränkte Schleier auf Jochen oder vielmehr: auf Jochens Stirn. Es war Sommer und die Sonne beschien ein wucherndes Furunkel über dem linken Auge, das größer als ein Daumennagel war. Mark wusste nicht mehr, wie lange er diesem Eitersack schon beim Wachsen zuschaute. Es kümmerte ihn auch nicht. Vielmehr beschäftigte ihn die Vorstellung, seine Faust auf Jochens Stirn prallen zu lassen. Nicht, weil Jochen ihm krumm gekommen war, sondern weil er sehen wollte, wie das Furunkel unter der Wucht seiner Knöchel aufbrach. Er wollte hören, wie die Haut riss, und sehen, wie sich der Eiterschwall über Jochens Gesicht ergoss, ihm in die Augen floss und sich in den Bartstoppeln verfing.

Obwohl er schon seit geschlagenen zehn Minuten seine rechte Hand zur Faust ballte und wieder öffnete, kam Mark letztlich nicht dazu, sein Vorhaben umzusetzen. Christa, dieser wandelnde Seuchenherd von Frau, reichte ihm den Weinkarton und nach drei tiefen Schlucken des sauren Rebensaftes hatte Mark das Furunkel vergessen. Seine geröteten Augen hingen nun an Christas schweren Brüsten, die sich gegen den dunklen Stoff ihres Trägershirts stemmten. *Es wäre mal wieder an der Zeit*, dachte Mark und leckte sich die Lippen, bis ihm einfiel, dass Christa sich zur Zeit von Ingo ficken ließ. Christa wäre das egal. Wenn sie genug getrunken hatte, konnte sie ohnehin nicht den einen Schwanz von dem anderen unterscheiden. Aber Ingo war es nicht egal, wie er es erst irgendwann, vermutlich vor kurzem, bewiesen hatte, als er Jochens Bruder Axel ins Krankenhaus geprügelt hatte. Niemand nahm es Ingo übel. Axel war einfach so dumm gewesen, sich erwischen zu lassen.

»Irgendwann wird alles gut«, murmelte jemand. Die Worte verfingen sich in Marks Gedanken und entzündeten dort ein flammendes Menetekel. Warum klang dieser zusammenhanglos dahingesagte Satz so unheilschwanger? *Es ist alles gut*, gab Mark als Antwort, ohne zu merken, dass sie seinen Kopf nicht verließ. Aus dem Sumpf seines Rausches erhoben sich untote Erinnerungen, Wiedergänger aus der Vergangenheit, und mit ihnen ein Leben, das er aus freien Stücken abgelegt hatte. Zumindest glaubte er daran. Da war ein Haus mit schmutzigrotem Dach und neu geklinkerter Fassade, dessen Hypothek jeden Pfennig verschlang, den er ihr zuwarf. Auch das Geld, das er zurückhalten wollte. In dem Haus wohnte eine Frau mit einem großen Herzen, die für jeden Zuneigung empfand, nur nicht für ihn. Im oberen Stockwerk gab es zwei Zimmer, eines gehörte dem Jungen, eines dem Mädchen. Beide Kinder waren ihm schon lange, bevor er ausgezogen war, fremd geworden. Er hatte einen Job besessen, der ihn ebenso aufgefressen hatte wie die Hypothek sein leidlich verdientes Geld. Fremde Menschen mit fremden Leben, die gegen alles mögliche versichert werden mussten. Verlorene Schlüssel, ausgelaufene Waschmaschinen, brennende Kühlschränke, brennende Kinder, gestohlene Autos, eingestürzte Dächer, sogar der Tod wurde versichert. Geld für ein beendetes Leben. Ein selbstverschuldeter Tod kostete extra. Mark hatte mit Sicherheiten gehandelt, mit Lügen. Er hatte den Menschen fünf Meter hohe Dämme gegen zwanzig Meter hohe Springfluten verkauft. Bis er eines Tages seine eigenen Dämme zum Einsturz brachte und sich von den Wassermassen fortreißen ließ. Seitdem war alles gut.

Bis auf eine Sache, doch die ließ sich beheben. Er erhob sich von dem Steinfundament des Denkmals.

»Wohin gehst du?«, fragte Christa mit einem lüsternen Glanz in ihren Augen. Mark warf einen vorsichtigen Blick zu Ingo, doch der war in eine energische Diskussion mit Jochen vertieft, deren Thema sich Mark nicht erschloss. Sie schien sich vor allem darum zu drehen, wer von beiden recht hatte.

»Schnaps holen«, sagte Mark und machte sich damit zum Helden der Trinkergemeinschaft.

Sein Weg führte ihn vorbei an dem Spielplatz, in dessen Sand weiße, braune und grüne Glassplitter in der Sonne schimmerten, an einer fleckigen Bank, auf der es sich ein Rentnerpaar aus dem nahegelegenen Altenheim gemütlich gemacht hatte, und durch eine lärmende Gruppe türkischer Kinder, die ihm etwas zuriefen, das er nicht verstand. Mit jedem Schritt verengte sich seine Wahrnehmung, bis er durch einen schmalen Tunnel wankte. Das Schicksal meinte es gut mit ihm: Die Fußgängerampel sprang in dem Moment auf Grün, als er sie erreichte, so dass er nicht anhalten musste, bevor er die Straße überquerte. Auf der anderen Seite befand sich die Filiale jener namhaften Supermarktkette, die sechzehn Jahre später den Park mit dem Förderraddenkmal kaufen sollte, um ihn zu planieren. Mark ahnte freilich nichts von diesem Schicksal, noch, dass der Supermarkt, den er mit wankenden Schritten betrat, dereinst ein Casino sein würde. Und am allerwenigsten ahnte er, dass er all dies nicht mehr erleben würde.

Sein Ziel, das Spirituosenregal, lag am Ende eines vertrackten Labyrinths aus Lebensmitteln, Haushaltsartikeln und Sonderangeboten. Andere Kunden hielten Abstand zu ihm, doch die Abscheu in ihren Blicken bekümmerte Mark nicht. In einzelnen Leuten glaubte er ehemalige Klienten zu erkennen, denen er unnütze Versicherungen aufgeschwatzt hatte, in die sie immer noch artig einzahlten, um die Lüge aufrechtzuerhalten, auf alles vorbereitet zu sein. Erkannten sie ihn ohne den dunkelblauen Anzug, ohne die sauber rasierten Wangen und ohne den ledernen Aktenkoffer mit den sorgfältig abgehefteten Unterlagen? Und hätten sie ihn erkannt, hätte sich ihr Ekel vor seiner Erscheinung nicht in blanke Angst wandeln müssen? Der Mann, der ihnen Sicherheiten verkauft hatte, die sie ruhig schlafen ließen, hatte selbst alle Sicherheiten abgelegt. Mark wollte ihnen ins Gesicht lachen, nicht aus Häme, sondern aus dem Glücksgefühl ungezwungener, zügelloser Freiheit. Zwischen Cornflakes und Marmelade erlaubte er sich ein Tänzchen.

So gelangte er zu den Spirituosen und griff beherzt nach einer Flasche Korn. So viel musste drin sein, und da ihn das innere Glücksgefühl weiterhin beschwingte, tänzelte er einige Regale zurück und ergänzte seinen Einkauf um zwei Pakete billiger Orangenlimonade, deren Hauptbestandteil Zucker war. So ausgestattet reihte er sich in die Schlange an der Kasse ein, vor sich einen dünnen Jungen von zwölf Jahren, hinter sich eine alte

Frau mit blonder Dauerwelle und dritten Zähnen. Weder sie noch Mark erkannten sich, obwohl er ihr vor wenigen Jahre gegen den Widerstand ihres Neffen eine überzogene Zahnversicherung angedreht hatte. Die Frau, die sich regelmäßig mit simulierten Leiden Kuren verschreiben und sich dort von rüstigen Verehrern aushalten ließ, war zu angewidert von dem Anblick, um den Mann vor ihr genauer in Augenschein zu nehmen. Mark wiederum nahm sie gar nicht erst wahr, denn der Junge fesselte seine Aufmerksamkeit. Wie er da gedankenverloren in der Schlange stand, die dünnen Arme an den Seiten hängend und die Schultern eingesunken, ging eine traurige Unruhe von ihm aus. Er schien nur vage wahrzunehmen, was um ihn herum vor sich ging. Sein Blick war woanders, und was immer er dort sah, es schien ihm Angst zu machen. Hätte er nicht selbst auf wankenden Beinen gestanden, Mark wäre sich sicher gewesen, dass der Junge zitterte. Als müsste er seine ganze Kraft aufwenden, um nicht unter einer gewaltigen Last aus Furcht, Sorgen und Trauer zusammenzubrechen. Mark wusste nicht viel über Kinder, das hatte er mit der misslungenen Erziehung seines eigenen Nachwuchses bewiesen. Aber von einem war er überzeugt: Kinder sollten nicht so traurig sein.

Vor dem Jungen war nur noch eine Frau an der Reihe, eine gebeugte ältere Dame, die Mühe hatte, ihre Einkäufe in der Geschwindigkeit zu verpacken, wie sie die Kassiererin über den Scanner zog. Die Kassiererin war so fett, dass es undenkbar schien, dass sie ihren engen Platz je verließ. Offensichtlich ging es ihr nicht schnell genug, und dies setzte ihre Kundin noch mehr unter Druck.

»Geben Sie schon her«, schnauzte die Kassiererin die ältere Dame an, die sichtlich überfordert war, ihr Geld aus dem Portemonnaie zu nehmen.

»Jetzt seien Sie doch nicht so unfreundlich«, sagte Mark. »Kriegen Sie eine Prämie für jeden abkassierten Kunden oder warum haben Sie es so eilig?«

Der Junge vor ihm sah erschrocken auf, als würde er erst jetzt bemerken, was um ihn herum geschah. Und plötzlich huschte ein scheues Schmunzeln über sein Gesicht, das er eilig versuchte wieder einzufangen.

»So ist es richtig«, sagte Mark zu ihm. »Wenn du die ganze Zeit traurig guckst, kriegst du ein verbittertes Gesicht wie die Schnepfe an der Kasse.« Hinter ihm in der Schlange lachte jemand. Die Kassiererin bekam einen hochroten Kopf.

»Aber es ist nicht alles gut«, sagte der Junge leise, der sich sein Schmunzeln nicht gestatten wollte. Seit Tagen lebte er mit einer diffusen Angst, die seine Eltern vor ein Rätsel stellte. Er hatte sie so sehr verinnerlicht, dass ihm jede Fröhlichkeit unangemessen war.

»Alles ist gut«, sagte Mark, »solange du lachst. Es gibt keinen Grund, so traurig zu sein, dass man nicht mehr lacht.«

Bevor ein weiteres Wort zwischen ihnen gewechselt werden konnte, war der Junge an der Reihe. Mit großer Eile packte er die wenigen Einkäufe – eine Fernsehzeitschrift, etwas Obst und eine Packung Chips – zusammen und bezahlte, dann floh er geradezu nach draußen, fort von der Kasse und dem stinkenden Mann mit seiner Flasche Korn und der Orangenlimo, nach draußen in die Sonne.

Die Kassiererin maulte Mark den Preis für seinen Einkauf entgegen. Während er zahlte, sah er durch die breite Fensterfront nach draußen. Der Junge war knapp hinter der Tür stehengeblieben und sah hinein. Mit einem Mal schien etwas von ihm abzufallen und er lachte. Dann ging er weiter, nicht eilig, aber mit weiten Schritten.

Mark kehrte mit dem Schnaps zurück in den Park und irgendwo dort, im Schatten des Förderrads, geriet er in Vergessenheit. So wie diese Geschichte, die nicht weiter wichtig ist. Außer für einen zwölfjährigen Jungen, der daran erinnert werden musste, dass alles gar nicht so schlimm ist. ◆

Die Bastion der geselligen Einsamkeit

Dreimal kurz. Dreimal lang. Dreimal kurz. Das verabredete Klingelzeichen.

Ich stand in dem heruntergekommenen Innenhof und wartete. Mein Blick wanderte über die Biergarnitur mit dem städtischen Brandzeichen, die wir im letzten Sommer beim Weinfest geklaut hatten. Eine Bank und ein Tisch, um es uns gemütlicher zu machen. Von dort ging mein Blick weiter zu dem Baum, dessen Blätter schon seit Jahren nicht mehr grün wurden, auch jetzt nicht, kurz vor den Sommerferien. Im Schatten des Baumes der Sandkasten, den wir vor zwei Jahren für Markus' kleine Schwester gebaut hatten. Sie hatte nur wenige Male darin gespielt, da sich die Eltern kurz darauf getrennt hatten. Der Vater war in Kur gewesen, nachdem man ihm große Teile seiner Lunge entnommen hatte, die er sich über Jahre mit Rothändle ohne Filter zerstört hatte. Die Mutter nutzte den mehrwöchigen Kuraufenthalt, um mit einem Freund der Familie durchzubrennen. Die beiden jüngsten Kinder hatte sie mitgenommen, die beiden älteren, darunter Markus, waren geblieben. Sie bewohnten eine eigene Wohnung unter dem Dach.

Dreimal kurz. Dreimal lang. Dreimal kurz. Ich wartete.

Das Klingelzeichen war eine Idee von Markus. Wer es nicht kannte, wurde nicht eingelassen. Es hatte nur zwei oder drei Wochen gedauert, bis es jeder kannte, dennoch hielten wir daran fest.

Dreimal kurz. Dreimal lang. Dreimal kurz.

Während ich wartete, fragte ich mich wieder einmal, ob es Zufall war, dass unser nicht mehr geheimes Zeichen dem internationalen Morsesignal für SOS entsprach. Rettet unsere Seelen.

Ich war bereits versucht, mich auf die Bierbank zu setzen, mir dort einen Joint zu bauen und zu warten, als der Summer erklang. Markus war doch zu Hause. Drinnen lief ich die Treppen nach oben. Auf halber Strecke kam mir Markus entgegen. Wie stets, seitdem ich ihn kannte – immerhin seit der fünften Klasse –, trug er einen Jogginganzug. In etwas anderem konnte ich ihn mir nicht vorstellen.

»Du bist früh«, sagte er zu Begrüßung.

»Ich bin pünktlich«, sagte ich. Das war eine meiner wenigen herausragenden Eigenschaften.

»Wir müssen einkaufen.« Das war der erste Punkt unseres Freitagsplans, und wir setzten ihn umgehend um. Einmal um den Block durch die nachmittägliche Fußgängerzone, hinein in den Supermarkt und die Bestände an Hansabier aufkaufen. Sechs Paletten Dosenbier, abgerundet durch zwei Flaschen echten Überseerum, dessen Geschmack nur mit überzuckerter Billigcola halbwegs erträglich wurde. Wir befanden uns in der Rumphase unseres Lebens. Sie hatte vor einigen Monaten die Martiniphase abgelöst, der verschiedene Liköre vorangegangen waren. Was das recht überschaubare wie billige Sortiment dieses Supermarkts anging, hätten wir mittlerweile einen eigenen Ratgeber herausgeben können.

Die Einkäufe wurden in Markus' Kleiderschrank verstaut, so wollte es die Tradition. Die Unterwäsche und das halbe Dutzend dunkelblauer Jogginghosen täuschte über den eigentlichen Zweck des Kleiderschranks hinweg: Er war unser Alkohollager. Die Bestände für das Wochenende waren aufgefrischt, mit etwas Glück würden sie reichen. Man wusste es nie. Die Zahl der zu erwartenden Durchgangstrinker lag zwischen vier und dreißig.

Dieses Wochenende vielleicht weniger. Markus' älterer Bruder war auf einem Metalkonzert in Köln, sein Zimmer verschlossen.

Es war halb fünf und zum Einstieg gönnten wir uns Rum mit Cola und eine Tüte. Die Tüte war für mich, Markus kiffte nicht.

So saßen wir da, ich auf dem durchgesessenen Sofa, Markus auf seinem Stammstuhl neben dem Tisch. Die einzigen weiteren Einrichtungsgegenstände waren der besagte Kleiderschrank, drei weitere vollständige Stühle sowie ein letzter ohne Rückenlehne, der als Sofatisch diente. Ein Bett gab es nicht. Markus schlief auf einer Matratze in einem anderen Raum, unter der Treppe zum Dachboden.

Während wir die Neuigkeiten des Tages austauschten – Markus hatte blaugemacht und daher waren die Anekdoten des Schulalltags tatsächlich Neuigkeiten, auch wenn nicht wirklich etwas bemerkenswert Neues geschehen war – verfing sich mein Blick immer wieder am Teppichboden. Zum ersten Mal fiel mir auf, dass die Flecken unserer exzessiven Ausschweifungen ein Rorschachmuster bildeten. Ich behielt diese Entdeckung für mich.

Eine Stunde später als verabredet trafen die ersten anderen Freunde ein: Paul, der mit einer Stunde Verspätung für seine Verhältnisse pünktlich war, und Martin, der schlechte Laune hatte, weil er zwanzig Minuten vor Pauls Tür auf ihn gewartet hatte. Markus und ich waren bei dem zweiten Glas Rum mit Cola. Angesichts der Mischungen, die Markus bereits jetzt zauberte, war abzusehen, dass der Rum nicht einmal bis zum Abend reichen würde. Es waren noch zwei Stunden bis Ladenschluss, also legten wir unser Geld zusammen und holten zu viert Nachschub. Für Bier waren wir noch nicht bereit.

Dieses Spiel wiederholte sich noch zweimal, um sieben und um acht Uhr, kurz vor Ladenschluss. Weitere Leute kamen, Geld wurde zusammengelegt und Schnaps wurde gekauft. Als der Supermarkt um acht Uhr schloss, waren wir zu neunt und überwiegend angetrunken bis besoffen. Die Nacht konnte beginnen.

Immer wieder kamen und gingen Leute. Einige schauten nur auf einen Sprung vorbei, sie wollten noch zu einer Scheunenparty in der Nachbarstadt. Nicht alle schafften es dorthin, einige blieben bei uns hängen. Die anderen sollten später infolge einer Schlägerei zurückkommen.

Ich blieb. Die Reise war mir zu anstrengend, außerdem hatte ich schon den überwiegenden Teil meines Geldes in Alkohol investiert. Diesen zurückzulassen, um woanders für Eintritt und schales Bier aus Plastikbechern zu bezahlen, schien mir unsinnig.

Jedes Mal, wenn jemand aufs Klo ging, entbrannte ein kurzer Kampf um den freigewordenen Stuhl oder Sofaplatz. Ich hatte mich gemütlich eingerichtet und ignorierte den Druck auf der Blase solange es ging. Als Ergebnis dieses ursprünglich sehr schlauen Plans, wie ich fand, musste ich bloß öfters aufs Klo, und letztlich stand ich mehr als dass ich saß.

Irgendwann verlor ich die Übersicht, wie viele wir eigentlich waren. Zwischenzeitlich bekam Markus schlechte Laune und vertraute mir bei einem Gespräch am Fenster an, dass er über ein neues Klingelzeichen nachdachte. Seine Laune wurde besänftigt, als weitere Gäste neuen Schnaps mitbrachten. Eine Änderung des Klingelzeichens war kein Thema mehr.

Es war gegen ein Uhr, als Rafael das erste Mal aus dem Fenster in die nächtlich verlassene Fußgängerzone pisste, weil das Klo besetzt war. Ungefähr zur selben Zeit bumste Sascha auf der Matratze unter der Dachbodentreppe die beste Freundin seiner Freundin, die krank zu Hause im Bett lag. Ich stolperte zufällig hinein, was ich dort wollte, weiß ich nicht mehr. Anschließend lenkte ich geschickt Markus ab. Er mochte es nicht, wenn andere in seinem Bett fickten, auch wenn das so ziemlich jedes Wochenende geschah.

Drei heldenhafte Freunde erklärten sich später bereit, den langen Weg zur Tankstelle auf sich zu nehmen. Es war Sommer, die Sonderangebote der 24-Stunden-Tanke standen auch nachts draußen, und mit einer geübten Zugriffsgruppe in Kombination mit einer geschickten Ablenkung ließen sich zwei oder drei Bierkästen für den Preis eines Schokoriegels klauen. Außerdem brauchten wir noch Kippen.

Die selbstlosen Helden unseres Rausches waren gerade erst wenige Minuten fort, da fiel mir ein, dass die Kneipe der lokalen

Schnapsbrennerei noch aufhaben könnte. Zusammen mit Paul begab ich mich die dreihundert Meter Luftlinie zum Anfang der Fußgängerzone und kaufte zwei Literflaschen Wacholderlikör. Mit den Resten unserer Cola ergab sich daraus ein annehmbarer Longdrink, auch wenn man beim Trinken das Gefühl hatte, dass sich der Zucker durch den Zahnschmelz fraß.

Irgendwann zwischen dem zu tiefen Zug am Joint, den Martin gedreht hatte, und einem Schluck von einem Longdrink, der im Wesentlichen aus Fanta und Jägermeisterimitat bestand, geschah es plötzlich: Ich sah in die Zukunft.

In dem einen Moment hörte ich noch, wie Sascha verkündete, dass er entweder an AIDS sterben oder in einem Bierfass ertrinken möchte, im nächsten Augenblick sah ich ihn mit Anfang Dreißig. Er, der Kreisligastar unserer hiesigen Fußballmannschaft, saß fett und aufgedunsen in einem braunen Jogginganzug auf einer billigen Sofagarnitur und hielt mit ausgelöschtem Gesicht seine Tochter auf dem Arm. Neben ihm seine Frau, das Mädchen, das er gerade noch auf Markus' Matratze gefickt hatte und für das er nur Beleidigungen übrig hatte, wenn er nicht gerade geil war und keine andere die Beine breit machte.

Jan, unser begnadeter Helge-Schneider-Imitator, der es nicht erwarten konnte, unsere Kleinstadt zu verlassen, um in die Hiphopszene der benachbarten Großstadt einzusteigen, verwandelte sich vor meinen Augen in eine glatzköpfige, arbeitslose Karikatur seines Vaters. Sein älteres Ich war der Vorsitzende des Kegelvereins, den wir letzten Herbst aus einer Sauflaune heraus gegründet hatten, mit dem erklärten Ziel, bei den Stadtmeisterschaften den letzten Platz zu machen. Schließlich gab es für die Letztplatzierten Freibier als Trostpreis. Offensichtlich sollte dieser Kegelverein fünfzehn Jahre oder mehr überdauern.

Der vollkommen unberechenbare Georg, den keiner wirklich leiden konnte, aber der irgendwie dazugehörte, saß wegen schwerer Körperverletzung und einer ganzen Liste an Diebstählen im Knast. Er schrieb uns ungelenke wie verzweifelte Briefe, jedem einzelnen seiner Freunde, mit der Bitte, wir sollten ihn doch besuchen. Die meisten Briefe wurden ungelesen in den Müll geworfen. Geantwortet hatte ihm nur einer, ein einziges Mal. Besucht hatte ihn niemand.

Paul, plötzlich Mitte Dreißig, wohnte immer noch bei seinen Eltern, immer noch in dem Zimmer, das nicht größer als eine Abstellkammer war. Seine jüngeren Schwestern waren längst ausgezogen, hatten geheiratet und Kinder bekommen. Seine Eltern hatten ihn abgeschrieben. Er log über das Studium, das er angeblich im zwanzigsten Semester besuchte, mehr aber noch über seine Homosexualität, die er aus Scham sein halbes Leben vor allen verborgen hielt und nur in Chats und heimlichen Treffen auslebte.

Irritiert sah ich zu Rafael. Er schien keinen Tag gealtert zu sein und pisste immer noch oder schon wieder aus dem Fenster.

Ich sah meine Freunde in ihren Dreißigern, wie sie sich jedes Jahr zu Heiligabend in der einzig nennenswerten Kneipe trafen, die sich selbst Szenelokal nannte. Wie schlechte Abziehbilder ihrer Eltern saßen sie zusammen mit ihren Eltern am Tresen und erzählten sich Geschichten von den durchzechten Nächten bei Markus.

Und dann sah ich Markus, der das größte Herz aller Menschen besaß, der für seine Familie und seine Freunde alles zurückstellte, sogar seine Gesundheit. Bis zuletzt hatte er seinen kranken Vater gepflegt, dem die Ärzte höchstens fünf Monate gegeben hatten und der allen Prognosen zum Trotz noch zwölf Jahre mit künstlicher Beatmung lebte. Für die Pflege seines Vaters hatte Markus seine Ausbildung abgebrochen und lebte in einer anderen Wohnung auf Staatskosten. Mit anderen, aber nicht mehr Möbeln sowie einer Packung Toastbrot und industriell gepressten Frikadellen im Kühlschrank. Mit anderen Saufgefährten, die nicht älter sein konnten als wir. Ein arbeitsloser Hooligan mit einem Strafregister so dick wie ein Telefonbuch. Einmal im Monat ließ er sich von Olli, der das Taxiunternehmen seines Vaters übernommen hatte, zu den Kneipen fahren, in denen er noch kein Hausverbot hatte, um seine Deckel zu bezahlen. Er trug immer noch dunkelblaue Jogginghosen.

Wie froh ich war, dass es in der gesamten Wohnung keinen einzigen Spiegel gab.

Als die Vision der Zukunft endete und ich mich im trunkenen Kreis meiner Freunde wiederfand, wusste ich: Nein, daran will ich nicht teilnehmen. Ich wusste, dass ich aufstehen und gehen musste, dass dies die einzige Möglichkeit war, meine Seele zu retten.

Also stand ich auf.

Und fiel um.

Kräftige Arme schleiften mich zum Klo. Dort übergab ich mich mit brennenden Tränen. Ich bespie die siffige Keramikschüssel mit einer dunkelbraunen Suppe, in der tiefen Gewissheit, dass dies mein Ende war, meine letzte Tat, bevor ich diese Welt verließ.

Darüber musste ich eingeschlafen sein. Ich wurde auf Markus' Matratze wach und schleppte mich mit dickem Schädel in das Zimmer unserer Eskalationen. Auf dem Sofa lag ein Mädchen, das ich nicht kannte. Irgendwer hatte es mit meiner Jacke zugedeckt. Die Sonne schien und durch das geöffnete Fenster klang der Lärm des Wochenmarkts. Paul schlief auf dem Boden, im offenen Kleiderschrank schlummerte mit einem seligen Lächeln Rafael. Markus saß auf seinem Stuhl und wachte wie ein gütiger Vater über die

Schlafenden. Als hätte er auf mich gewartet, reichte er mir eine Flasche Wasser und eine Kopfschmerztablette.

So saßen wir noch ein, zwei Stunden beisammen. Ich ließ mir von der letzten Nacht erzählen. Offensichtlich hatte ich einiges verpasst. Georg war auf der Suche nach Essen in den Supermarkt eingebrochen und hatte sich auf der Flucht vor der Polizei in Markus' Innenhof hinter dem Sandkasten versteckt. Ein wenig machte es Markus Sorgen, dass die Bullen dort zuerst gesucht hatten.

Noch bevor die anderen aufwachten, ging ich nach Hause. Beim Abschied verabredeten Markus und ich uns wie gewohnt für den späten Nachmittag.

Das Wochenende hatte gerade erst begonnen. ◆

Bevor der Vorhang fällt

Ich sitze auf den Stufen des Raketenkraken und kämme den abgetrennten Köpfen meiner Narrenbräute die Haare. Nebenbei beschaue ich mir die aufgeregt tuschelnden Gestalten in der immer länger werdenden Warteschlange, die nicht sehen können, dass das Tickethäuschen überhaupt nicht besetzt ist. Ich bewundere ihre Geduld. Dabei fällt mir ein Mädchen – oder eine junge Frau? – auf, irgendwo zwischen siebzehn und vierundzwanzig. Mir gefallen ihre Augen. Und ihre dunkelbraunen Locken, die elegant über ihre schweren Titten dahinfließen. So, wie sie mich anlächelt, könnten wir uns kennen – ob aus der letzten Nacht oder der kommenden, spielt keine Rolle. Ich zwinkere ihr zu.

Der Raketenkraken ist unsere neueste Attraktion, in wochenlanger Arbeit von unserem wahnsinnigen Schweißer aus einer alten russischen Trägerrakete und mehreren Schaufelarmen dem Rosten preisgegebener Bagger zusammengedengelt. Der einzige Grund, dass noch niemand bei der Fahrt mit diesem Monstrum gestorben ist, ist der, dass es noch keine Fahrt gab – auch wenn wir natürlich etwas anderes behaupten. Ein rotes

Schild neben dem Tickethäuschen verkündet den Fahrpreis:

Erwachsene: 1 Geld

Kinder: 1 Geld

5 Personen: 5 Geld

Mein Vorschlag, für fünf Personen sieben Geld zu verlangen, hat sich leider nicht durchgesetzt. Dabei hätten die Leute es bezahlt. Erst heute Morgen haben wir Konfetti für 1 Geld das Stück erfolgreich als Pappen an den morgendlichen Bodensatz des Nachtexzesses verkauft. Das hat sich zufällig ergeben. Die Leute mit ihren in schillernden Drogencocktails schwimmenden Gehirnen haben »Tickets« gelesen, sie haben nach »Tickets« gefragt, wir haben ihnen »Tickets« verkauft. Vermutlich haben sie den Trip ihres Lebens.

Wir verkaufen alles. Alles kostet wenig, wenig kostet viel. So ist das.

Ich springe auf und bewerfe die Wartenden mit Konfetti. Dem Mädchen mit den Locken male ich mit rotem Glitzer ein Karo auf die Lippen – ein Versprechen, falls wir uns wiedersehen sollten. Dann tänzele ich davon und verschwinde hinter den Zelten. Dabei komme ich an unserem Direktor mit den traurigen Augen vorbei. Er sieht aus, als wäre er gerade erst aufgestanden oder als hätte er noch gar nicht geschlafen. Rein äußerlich macht das bei ihm keinen Unterschied.

Ich betrinke den Tag mit einigen Sprichwörtern aus der Region, dann lege ich den Hut und den Narrenstab ab. Es ist die Zeit der anderen Gesichter.

Die lichten Stunden wandern dahin. Ich bin ein englischer Lord mit Schmetterlingsgesicht und präsentiere mit einem schlecht imitierten Akzent in noch schlechterem Englisch meine Menagerie der unsichtbaren Wundertiere. Es gibt Applaus.

Ich bin der leibhaftige Wahnsinn, mein höhnische Wahrheiten ausspuckender Mund sitzt auf der Stirn über den goldenen Augen und meine langen, roten Haare führen ein unbändiges Eigenleben. Doch ich bin traurig, da ich weiß, dass ich mit meinem Scherbengesicht nie das Herz des Schattenmädchens gewinnen werde. Daher ärgere ich sie auf Schritt und Tritt, um immerhin die Schläge ihres Fächers spüren zu dürfen.

Ich bin der goldene Sonnenkönig von Samarkand und erzähle in den Dämmerstunden phantastische Lügenmärchen über noch phantastischere Länder, die nie jemand bereist hat, da sie nie jemals existiert haben. Meine Reiseberichte sind zärtliche Verneigungen vor der Vergänglichkeit der Imagination. Niemand hört zu.

Und dann ist Nacht. Die anderen Gesichter fallen in ihren Mottenschlaf zurück. Auf meinem bleichen Gesicht erwacht das rote Karoauge, und die Kugeln meines Narrenstabes entflammen in Grün und Blau. Ich bin ich. Und tänzelnd tauche ich ein in die nächtlichen Schwaden der flüchtigen Begegnungen, der trunkenen Ausgelassenheit und des bodenlosen Rausches. 10.000 Jahre Wahnsinn – in einer einzigen Nacht.

Vom Balkon der Eitelkeiten beschimpft die alte Dame die Nachtgestalten, die Einlass begehren. Drinnen spielt bereits die Tierkapelle zum Tanze auf. Nur das kopflose Riesenhuhn jagt seinem renegaten Schädel hinterher, verfolgt ihn durch die tanzende Menge und um die blumengeschmückten Zeltpfosten herum, kriegt ihn jedoch erst zu fassen, als der weise Eremit dem Kopf ein Bein stellt. Vor Glück legt das Riesenhuhn ein Ei, wird jedoch gleich vertrieben, denn nun gehört die Bühne der bärtigen Frau – und wenn sie die Bühne betritt, hat dort niemand etwas zu suchen.

Nicht einmal ein Narr, also ziehe ich mich respektvoll zurück.

Hinter der Bühne ist unser Direktor – wie stets – in irgendwelche undurchsichtigen Gespräche verwickelt. Ich weiß noch genau, wie er mich einst am Wegesrand fand. »Ey, ich mag dich«, hat er damals gesagt und mich um Feuer angeschnorrt. »Komm mit!« So bin ich zum Zirkus gekommen. Das ist lange her, ich erinnere mich nur gerne daran. Und weil gute Erinnerungen selten sind, trinken wir beide darauf einen Schnaps.

Dann tanze ich wieder. Plötzlich stehe ich dem Mädchen vom Morgen gegenüber, und sie ist so wunderschön wie jede andere. Ich löse mein Versprechen ein und küsse sie unter meinem leuchtenden Schirm mit den Köpfen meiner Narrenbräute. Es ist einer dieser Küsse, die deine Eier kribbeln lassen. Unsere Lippen lösen sich in Zeitlupe voneinander, die Zungen schmecken dem Geschmack des anderen nach – und ich wirbele davon. Wir werden uns wiedersehen, so ist es uns vorbestimmt. Und wenn nicht – findet sich eine andere Braut.

Schließlich, auf dem Höhepunkt des närrischen Treibens, kollabiert das Universum.

Seine glühenden Sterne fallen herab, setzen das Zirkuszelt in Flammen, verbrennen die jahrtausendealten Masken an den Wänden und verwandeln Menschen in tanzende Fackeln. Ich stehe inmitten dieses herrlichen, zerstörerischen Irrsinns, als plötzlich etwas Unerwartetes geschieht.

Ich langweile mich.

Das kann nicht sein, sage ich mir und blicke hilfesuchend zu meinen Narrenbräuten. Eine nach der anderen schaut mich an, als wäre ich nicht bloß ein Narr, sondern ein Idiot. Ich will mich erklären, vielmehr rausreden, aber das wäre noch dümmer. Was für mich eine plötzliche wie rätselhafte Erkenntnis ist, wissen sie schon viel zu lange. Ich langweile mich wirklich. Und mit einem Mal verstehe ich, warum. Es ist so naheliegend, dass ich lächeln muss.

Meine Lichter verlöschen, und im dichten Rauch, der mittlerweile das ganze Zelt ausfüllt, schleiche ich nach draußen. Mein treuer Koffer hat sich bereits gepackt. Aber so einfach ist es nicht, 10.000 Jahren Wahnsinn zu entkommen.

»Hast du Feuer?«, fragt der Zirkusdirektor, mit einer selbstgedrehten Zigarette zwischen den Zähnen.

»In deiner Hosentasche.«

Er greift hinein und holt ein halbes Dutzend Feuerzeuge heraus. Ich zeige auf meins, ein weißes mit einem roten Karo. Er entzündet damit die Zigarette und lässt es wieder in seiner Hose verschwinden.

»Ich gehe. Dorthin, wo ich mich selbst nicht kenne. Alles andere macht keinen Sinn.«

Er nickt.

»Das dachte ich mir. Aber vorher trinken wir einen Schnaps.«

Wir stehen rauchend im Schatten des Zirkuszeltes, der zügellose Irrsinn auf der anderen Seite der Zeltwände ist nicht mehr als das dumpfe Echo eines fernen Kosmos, und trinken Schnaps.

Und dann bin ich verschwunden. ◆

Winterlichter

❄ Es ist jene Stunde in der Winterzeit, an der sich die Geister scheiden, ob sie zur Nacht oder zum Tag zu zählen ist. Eine Erinnerung an die Sonne verleiht der dicht gewobenen Wolkendecke die Farbe polierter Knochen. Doch vielleicht liegt der Ursprung dieses Gebeinhimmels bloß bei den Laternen, deren Licht von dem Schnee in das Nirgendwo über ihm reflektiert wird.

Man spürt, dass es jeden Augenblick schneien wird.

Es ist magisch, aber das sind Drachen ebenfalls. Ein ganz ursprünglicher Instinkt hält die Menschen im Inneren, und bei manchen ist er so stark, dass sie sich ganz in sich selbst zurückziehen.

Eine einzelne Schneeflocke gleitet wirbelnd herab. Wenn man ganz aufmerksam lauscht, hört man den dumpfen Laut, mit dem sie sich in den Schnee gräbt, der bereits am Boden liegt.

Wir atmen die heilige Einsamkeit dieses Moments. Doch wir sind nicht ganz alleine. Da ist dieser eine, dieser andere, dessen Geschichte vielleicht schon erzählt wurde. Kurz bevor wir ihm begegnen, setzt der Schneefall ein, so dass wir erst nicht viel von ihm erahnen. Ein unruhiger, dunkler Hintergrund für die Choreographie des Augenblicks, die die Schneeflocken für ein uns unbekanntes Publikum aufführen.

Schließlich kommt er näher, und als wir ihn endlich zur Gänze sehen, tänzelt er an uns vorbei, ganz so, als wolle er sich in den Reigen des Schnees einreihen. Dabei tanzt er bloß, damit er nicht friert.

Er beachtet uns nicht, daher können wir ihn uns ganz genau ansehen. Etwas an ihm weckt unsere Neugier, etwas, das tiefer liegt als das Augenscheinliche. Trotzdem nehmen wir uns die Zeit, das Äußere näher zu betrachten. Wir prägen uns jedes Detail seiner Erscheinung ein, seine von einem schweren Mantel verfälschte Statur ebenso wie die Feinheiten seines Gesichtes. Vielleicht denken wir, dass es später von großer Wichtigkeit sein kann, sich an all diese Einzelheiten zu erinnern. Vielleicht ist uns auch bloß langweilig.

Einer dieser Gründe lässt uns vor seinen Augen innehalten, um uns in ihnen zu spiegeln. Und dort erkennen wir *es*, als feinen

Widerschein des Verborgenen. Wir huschen zur Seite, und dabei verfängt sich eine Ahnung von uns in seinem Augenwinkel. Er hält in seinem tänzelnden Schritt inne, doch er sieht sich nicht um. Vielmehr wirkt er wie ein Spaziergänger, den ein plötzlicher Einfall zu entgleiten droht.

Mit einem Mal lächelt er, und als er seinen Weg fortsetzt, wissen wir noch mehr als vorher, dass wir ihm folgen müssen.

Der Schnee knirscht unter seinen Schuhen, und wir gleiten durch die Abdrücke, die seine Schritte hinterlassen. Schwungvoll steigen wir auf, wirbeln um seinen Kopf, der sich schutzlos dem Winter aussetzt. Drehen uns um uns selbst und halten inne, um ihn näherkommen zu lassen.

Eine Schneeflocke lenkt uns ab. In ihren Kristallen erstarrt die Zeit und bricht schließlich in eine überwältigende Anzahl an Möglichkeiten, die nur deshalb unendlich ist, weil wir uns nicht die Mühe machen, sie zu zählen.

Als dieser Moment dahingeschmolzen ist, stellen wir fest, dass unser Wanderer stehengeblieben ist. Er steht vor einem Fenster, dessen Tönung ihn an Sonnenbrillen der sechziger Jahre erinnert. Doch genau das ist es nicht, das seine Aufmerksamkeit fesselt. Ebenso wenig sind es die nikotinzersetzten Gardinen, die sich hinter dem dunklen Glas abzeichnen, noch weniger ist es sein eigenes Spiegelbild, auch wenn er sich gerne darin verliert.

Ohne Spuren in dem Glas zu hinterlassen, gesellen wir uns neben ihn. Und mit ihm blicken wir in eine andere Zeit.

➤ Sie steht an einem Fenster in einer fremden Zeit. Sie raucht. Dabei raucht sie eigentlich nicht. Es schmeckt ihr nicht einmal. Aber sie findet, dass es ihr steht. Und es passt zu dem Bild, das sie von sich selbst hat – vielmehr eine grobe Skizze, die jemand auf einer Zugfahrt zwischen zwei Bahnhöfen mit unaussprechlichen Namen auf die Serviette seines Kaffeebechers gezeichnet hat.

Eine sich Fremde in einer ihr fremden Stadt, nur unzureichend mit Worten ausgestattet, um sich zu verständigen, rauchend an einem Fenster stehend, durch dessen dreckige Scheibe das Licht eines falschen Frühlings fällt.

Sie hätte davon gerne eine Fotografie. Ein sehnsüchtiges Motiv, das sie *ihm* geschenkt hätte, damit er eine Geschichte über eine Fremde in der Fremde schreibt. Sie hätte sie gerne gelesen. Doch dann erinnert sie sich wieder, warum sie hier ist: um ihre Vergangenheit der Ungewissheit preiszugeben, in der Hoffnung, dass daraus eine Zukunft wächst. Eine greifbare Zukunft, nicht dieses irrlichternde Konglomerat aus Vorstellungen, dem sie so lange ihre Gegenwart geopfert hat.

Sie raucht die Zigarette, die sie sich von ihrem Mitbewohner hat drehen lassen, und sieht sich selbst darin. Etwas, das sich mit jedem Atemzug auflöst, dessen einer Teil als Ascheschatten seine Form wahrt, bis er zu Boden rieselt, und dessen anderer Teil als Rauch aufsteigt, um in der Welt zu verschwinden.

Sie hat nicht gewusst, warum sie nach allem Zögern doch hierher gekommen ist – nicht wirklich, nur, dass es sich richtig anfühlte. Nun beginnt sie, es zu ahnen. Die fremde Zeit, der fremde Ort, die fremde Sprache formen um sie einen Kokon, in dem sie sie selbst sein kann. Sie erkennt, wie lange sie das nicht mehr gewesen ist. Alles, was sie ausgemacht, sie definiert hat, ist nun fort. Gesichter, Namen, Liebschaften werden zu verblassenden Gespenstern eines Traumes, an den sie sich immer weniger erinnern kann.

Ohne es bereits zu begreifen, hat sie sich verpuppt. Sie traumwandelt in ihrer Metamorphose, eine schlafende Raupe, die Abschied nimmt von den Wiesen, die sie genährt haben, und das Versprechen eines Windes verspürt, der sich in leuchtenden Flügeln verfangen wird.

Sie drückt die Zigarette aus, an der sie ohnehin nur halbherzig gezogen hat. Sie zieht die alten Vorhänge zur Gänze beiseite. Dann geht sie in die Küche, füllt eine Schüssel mit Wasser und Essig, nimmt ein Tuch und putzt die Fenster.

Sie sieht hinaus auf die unbekannte Stadt und zum ersten Mal fühlt sie echte Neugier. Der Frühling wird ein richtiger Frühling werden, und die fremde Zeit ihre Zeit.

Und dann – irgendwann, sie hat es nicht eilig – wird der Kokon aufbrechen und sie in den Sommer entlassen.

❋ Das bräunliche Glas hat sich an ein Gesicht erinnert, dass sich nie in ihm gespiegelt hat. Unserem Wanderer ist das Gesicht ebenso vertraut wie die Gefühle, die er einst für es empfand. Doch eines Tages kam der Sommer auch für ihn und die Gefühle lösten sich zu Matsch auf, der schließlich im Boden versickerte.

Er geht weiter, seine Schritte sind nun ruhiger, während der Schnee immer wilder um ihn tanzt. Wir ertappen ihn, wie er sich fragt, ob er es bereuen soll, keine Mütze aufgesetzt zu haben. Es ist schwer zu sagen, ob er dabei an seine Gesundheit oder an seine Frisur denkt. Am Ende spielt es keine Rolle, denn wir wissen bereits, dass beides in Mitleidenschaft gezogen sein wird.

Wir bleiben in der Zeit, doch eilen seinen Schritten voraus, die Straße hinunter, in der so viele gebrochene Herzen wohnen, dass sie dafür einen besonderen Namen verdient hätte. Die Traurigkeit, die aus den undichten Fensterfugen nach draußen dringt, lässt den Schnee grauer wirken. Wie die Gesichter von alten Männern, die nach langen Jahren Ehe aus Versehen ihre Frau überlebt haben.

Er spürt die Bedrückung ebenfalls, die schwerer als der Schnee auf den Dächern lastet, und obwohl das stumme Weinen hinter den Häuserwänden ihm so vertraut klingt wie sein eigener Herzschlag, hält er nicht inne. Es liegt ihm nicht daran, sich am Leid anderer zu wärmen.

Wir sind schon weiter, um die Ecke, über den kleinen Platz mit dem großen Namen und dann um eine weitere Ecke. Rotes, gelbes und oranges Licht fällt auf den Schnee, ebenso ein einzelner blauer Klecks. Doch kein Grün oder Violett. Das war einmal anders, aber es hat sich schon lange niemand mehr die Mühe gemacht, die kaputten Glühbirnen der Lichterkette auszuwechseln.

Hinter den großen Scheiben, die von den Zirkuslichtern eingerahmt werden, ist es warm, ohne dass es in nennenswerter Zahl Gäste anlocken würde. Nur vereinzelte Gedanken kreisen in leeren Köpfen und meiden scheu den Kontakt zu anderen. Wir begeben uns hinein, vielleicht wollen wir für unseren Wanderer einen besonderen Platz aussuchen, auf den er sich nicht setzen wird, weil er von unseren Freundlichkeiten keine Notiz nimmt.

Daher nehmen wir den Stuhl, der uns für ihn am besten gefällt. Wir warten auf ihn. Und währenddessen lauschen wir der Erinnerung eines anderen Gastes.

➤ Im Hintergrund läuft diese eigenwillige Mischung aus Punk und Weihnachtsliedern. Wieder hat jemand an der Lautstärke gedreht, um Gespräche durch die gegrölte Lobpreisung klingender Glöckchen unmöglich zu machen. Jemand anderes regt sich darüber auf. Den Gastgeber interessiert es nicht, trotzdem wird er in die Auseinandersetzung hineingezogen.

Daran unbeteiligt steht der vermeintlich jung Gebliebene an der Wand gelehnt, bis gerade damit beschäftigt, das Interesse an einem Gespräch zu heucheln. Doch jetzt hat er *sie* entdeckt. Und er weiß gleich, dass er heute nicht alleine nach Hause gehen wird.

Ohne weiter vorzutäuschen, er höre dem Typen neben ihm zu, nimmt er sein Handy und betrachtet sich selbst mit der Kamera. Der Bart besitzt den exakten Grad an gepflegter Nachlässigkeit. Sein Hut und das halb offene Hemd, das gerade genug von dem aus der Zeit gefallenen Tattoo zeigt, passen so genau nicht zusammen, dass es auffällt. Diese Mischung ist seine Masche, und heute hat er sich besondere Mühe gegeben.

Er ist bereit, sich als Köder auszulegen. Und sie ist bereit, in die Falle zu gehen.

Er löst sich von der Wand und aus dem Gespräch, um ihre hungrigen Augen aus der Nähe zu betrachten. Sein Instinkt, der ihn selten im Stich lässt, meldet ihm ihre Verzweiflung. Er kennt Mädchen wie sie, die sich einreden, sie wollen geliebt werden. Er lebt von ihnen.

Es wurde einfacher, je älter er wurde. Als er begriff, dass er auf die Anstrengungen jüngerer Jahre verzichten konnte. Die, die es wollen und brauchen, kommen von alleine. Sollen sich andere damit abmühen, Jäger zu sein. Er genießt seinen Erfolg als Beute.

Seit er das begriffen hat, lebt er als glücklicher Prinz in seinem eigenen Schlaraffenland.

Fast beiläufig hat er sich ihr genähert, nun bleibt er stehen. Es ist entscheidend, dass sie ihn wahrnimmt. Wenn er sich aufdrängt, verdirbt er alles.

Ihr Blick über den Rand der Brille hinweg ist so scheu, dass er ihr die Schüchternheit nicht abnimmt. Sie lacht über etwas, das ihr erzählt wird, doch ihre Augen verfangen sich bei ihm. Nicht lange, dann wendet sie sich wieder ihrer Freundin zu, aber lange genug, dass er sich sicher sein kann.

Ihre Absichten sind deutlich. Sie mag jung sein, aber sie ist keine Anfängerin. Sie weiß um ihre Reize, die sie mit dem hochgeschlossenen Kragen nur vorgeblich kaschiert, während das Kleid so eng anliegt wie eine zweite Haut.

Ungeniert studiert er, was sie von ihrem Körper preisgibt, jedoch ohne zu starren. Sein Blick ist der eines Kenners, der nichts übersieht, aber nirgendwo zu lange verweilt, um gleichermaßen kundiges Interesse wie eine mögliche Ablehnung zu signalisieren.

Als sie wieder zu ihm schaut, wendet er sich langsam einem anderem Mädchen zu, ganz ein potentieller Käufer, der sich auf dem Markt der Eitelkeiten die Auslage des nächsten Händlers beschaut.

Das andere Mädchen erweist sich dabei leider als die Verführte einer zurückliegenden Nacht. Er macht sich nicht die Mühe, sich zu erinnern, wie lange diese zurückliegt. An dem vorwurfsvollen Ausdruck ihres Gesichtes erkennt er jedoch, dass sie sich sehr genau und sehr anders daran erinnert.

Da er keinen Groll gegen sie hegt, lächelt er. Sie dreht sich um und läuft aus dem Raum.

Es berührt ihn nicht sonderlich. Schließlich ist es nicht seine Schuld, dass die Mädchen nicht ehrlich zu sich selbst sind. Immer müssen sie sich die große Liebe einreden. Es gibt viel zu wenige, die den Sex mit ihm als das nehmen, was er ist. Die meisten brauchen danach eine Rechtfertigung, egal, was sie vorher sagen.

Er nimmt es gelassen hin und macht sich keinen Vorwurf. Er nutzt die Frauen schließlich nicht aus. Genau betrachtet ist er es, der sich benutzen lässt. Aber das verstehen nicht einmal seine Freunde.

Aus dem Augenwinkel nimmt er wahr, wie sie sich von dem Sofa erhebt, ein erhabener Vorgang. Als sie steht, streicht sie über ihr Kleid. Er bewundert die Beiläufigkeit dieser Geste, mit der ihre Hände seinen Blick auf ihre Schenkel lenken, die sich fest unter der weinroten Wolle abzeichnen, darüber und darunter eingerahmt von weiteren, prachtvollen Reizen.

Sie zwängt sich zwischen Tisch und Sofa an ihrer Freundin vorbei. Natürlich dreht sie ihm dabei den Rücken zu, nur um sich dann kurz umzudrehen und ihm einen flüchtigen wie auffordernden Blick zuzuwerfen, bevor sie den Raum Richtung Küche verlässt.

Er beschließt, dass es an der Zeit für einen neuen Drink ist, stellt seine halbvolle Bierflasche ab und folgt ihr.

Die anderen Partygäste nehmen die ihnen zustehende Rolle als Statisten ein, plaudern, trinken, rauchen, streiten, während er an ihnen vorbeigleitet und der Spur ihres Kleides folgt.

Mit geradezu anzüglicher Eleganz gießt sie Weißwein in ein Glas. Er stellt sich so neben sie, dass er an ihr vorbeigreifen muss, um sich ebenfalls ein Glas zu nehmen.

»Entschuldigung, soll nicht unhöflich sein.« Er lächelt.

»Verpiss dich«, sagt sie und lässt ihn stehen.

Schade, denkt er. Dann halt die Nächste.

Und er legt sich von Neuem aus.

✻ Die Tür öffnet sich unter dem schwerfälligen Protest der Scharniere. Unser Wanderer macht einen Schritt in die warme Leere der Bar hinein. Er bleibt stehen, atmet die Seelen des Holzes, das im Kamin verbrennt, und klopft sich den Kokon aus Schnee ab. Eine Hand fährt hoch zum Kopf und verharrt unschlüssig über den Haaren. Ein halbes Dutzend Augenpaare schaut ihn an, nacheinander erwidert er jeden Blick. Dann lässt er die Hand sinken, dreht sich um und geht hinaus in den Schnee.

Wir hätten es wissen sollen, doch wir sind überrascht. Irgendwie haben wir gehofft, dass er den schönen Platz sieht, den wir für ihn ausgesucht haben.

Die Unschlüssigkeit, die er Drinnen gezeigt hat, zeichnet ihn auch Draußen. Dieses Mal ist die Ursache dafür jedoch bekannt, war er es doch in solchen Situationen gewöhnt, seine Lungen mit Giften anzureichern und sich am süßen Geschmack des eigenen Grabes zu laben.

Er bedauert es nicht, mit dem Rauchen aufgehört zu haben. Das kalte Toben der Winterluft in seiner Brust ist ein viel befriedigenderer Rausch. Doch an den nervösen Bewegungen seiner Finger, die von ihm unbemerkt die Schneeflocken zum Tanz auffordern, erkennen wir, dass er noch keine andere Beschäftigung gefunden hat, um die Zeit an sich zu verkürzen, nicht nur sein eigenes Leben.

Das bunte Licht der Glühbirnen rahmt seine Silhouette und gibt ihm etwas Feierliches. Ein zufällig vorbeigehender Passant könnte ihm Geschenke für Straßenkinder um die Füße drapieren. Leider kommt kein Passant vorbei, außer ihm und uns ist niemand auf den Straßen unterwegs, und so müssen die Straßenkinder eine weitere Nacht ohne die wärmende Gewissheit verbringen, dass jemand an sie denkt. Angesichts der Kälte wird es für manche die letzte Nacht sein.

In den Fenstern über und um ihn herum erscheinen derweil die Gesichter derer, die ganz andere Fragen an die Geschenke der nächsten Tage haben. Für sie besteht die Wertschätzung vor allem aus dem tatsächlichen Wert der wohlgemeinten Gaben. Das Erhoffen ist dem Erwarten gewichen. Ihre Träume werden nicht mehr aus Wolken geformt.

Nur hinter einem Fenster ist es anders, und auch unser Wanderer spürt es. Wüssten wir es nicht besser, würden wir glauben, dass er zuerst in unsere Richtung schaut, doch das ist nur dem Zufall der Bewegung geschuldet. Er richtet seinen Blick nach oben, ebenso wie wir, in eine Wohnung, an die er sich erinnert, obwohl er nicht in ihr gelebt hat. Er war nicht einmal zufällig zu Besuch.

Der Wind trägt ein ersticktes Schluchzen zu uns herüber.

➤ Regungslos sieht sie zu, wie die Reste ihres Gesichts über die Keramik dahinfließen. Es fühlt sich richtig und befreiend an, endlich wieder sie zu sein. Und doch ist etwas so tiefgreifend Falsches an diesem Moment, dass sie sich zusammenreißen muss, nicht zu zittern.

Sie steht ungeschminkt, nur mit ihrer an einem gefühlt Jahrzehnte zurückliegenden Morgen sorgfältig ausgewählten Unterwäsche bekleidet, in seinem Badezimmer. Auf der Waschmaschine neben ihr steht ihr Laptop, den sie ebenfalls mit großer Sorgfalt selbst zusammengebaut hat. Der Bildschirm taucht den Raum in ein Licht, dessen Unwirklichkeit ihrer Stimmung entspricht.

Die Tür hat sie abgeschlossen und obwohl sie es besser weiß, hofft sie, dass mit dem Umdrehen des Schlüssels er, seine Wohnung und die ganze Welt verschwunden sind. Ließe sich doch bloß alles so einfach abwaschen wie ihr Gesicht! Ihr anderes, ihr falsches Gesicht, das sie bloß aus Gewohnheit getragen hat, aus einer Sehnsucht nach Sicherheit. Diese bittere, notwendige Lüge, von der sie geglaubt hat, dass er sie durchschaut.

Wie kann er selbst ein solcher Lügner sein?

Ihr Herz rast vor Wut. Davon unberührt läuft auf dem Bildschirm neben ihr die Slideshow in ihrem immer gleichen Rhythmus weiter. Ein Bild, für drei Sekunden sichtbar, bevor es in die Dunkelheit abtaucht, aus der dann eine andere, in der Zeit eingefrorene Erinnerung erscheint.

Könnte sie ihr Herz bloß diesem Rhythmus anpassen.

Bum. (21. 22. 23.) Dunkel.

Bum. (21. 22. 23.) Dunkel.

Bum. (21. 22. 23.) Dunkel.

Bum. (21. 22. 23.) Dunkel.

Die Auswahl dieser Bilder hat mehr Sorgfalt erfahren als die Auswahl ihrer Wäsche. Die lichten Momente ihres Lebens, mit denen sie ihm die letzte Gewissheit geben wollte, dass er sich nicht irrte, wenn er sie liebte.

Und er hat sie geliebt. Er muss sie geliebt haben! Die Worte, die er ihr geschrieben hat, sind unmissverständlich gewesen. Keine oberflächlichen Bekundungen, kein federleichtes Zirzen. Worte, die das Wort ›Liebe‹ nicht brauchten, um sie auszudrücken. Worte, die alle Lügen durchschauten und sich mit nicht weniger als der Wahrheit beschäftigten.

Worte, die in ihrem Herzen ihre Resonanz gefunden haben. Sie hat ihnen geglaubt. Doch anscheinend er ihnen nicht.

Ein neues Bild. Drei Sekunden ihrer Vergangenheit, drei Sekunden, die Sinn ergaben. Drei Sekunden einer dürren Teenagerin mit schlecht blondierten Haaren auf einer Bühne, bald ersetzt durch Dunkelheit und einen weiteren flüchtigen Trost.

Das Leben, das sie mit ihm hat teilen wollen, so pur und wahrhaftig wie die Worte, die sie geteilt haben. Und so hat sie das andere Gesicht abgenommen, um ihm zu zeigen:

Schau her, ich bin ganz so, wie du es immer gewusst hast.

In diesem Moment ist eine Tür zwischen ihnen zugefallen. Dass sie sich dann in seinem Bad eingeschlossen hat, ist bloß das Echo davon gewesen.

Er ist ein Lügner, eine weitere Trophäe der Schande – ein Feigling, der sein Herz verleugnet. Sein Herz sieht, doch sein Verstand flieht.

Wie dumm von ihm.

Was sie ihm alles hätte geben können.

Ein weiteres Bild. Ein weiterer kostbarer Moment, in dem ihr Inneres und das Außen in Einklang gewesen sind.

Als die Sehnsucht Wahrheit gewesen ist.

Ihr Herz folgt den Erinnerungen.

Bum. (21. 22. 23.) Dunkel.

Bum. (21. 22. 23.) Dunkel.

Bum. (21. 22. 23.) Dunkel.

Bum. (21. 22. 23.) Dunkel.

Dunkel. Dunkel.

Dunkel.

❋ Der Geruch von gerösteten Walnüssen und angebranntem Käse lenkt uns ab. Als wir ihn uns endlich aus der Nase schnäuzen können, stellen wir fest, dass unser Wanderer seine Wanderung bereits fortgesetzt hat. Der immer stärker fallende Schnee hat die Gräber seiner Schuhabdrücke längst verschüttet.

Unser Geist der Winternacht hat uns verlassen. Unser Schatz wurde uns mit allen verborgenen Gaben geraubt. Wir fragen den wirbelnden Schnee, doch wie immer erinnert er sich nicht.

Eis ist hilfreich, doch der Schnee ist die Demenz des Winters. Für das Eis ist es noch zu früh, da gibt es kein Hoffen für uns. Wir sind auf uns selbst gestellt.

Die falschen Lichter der Nacht verblassen hinter weißen Vorhängen. Wir sind selbst nicht mehr als Schnee, einzigartige Kunstwerke aus schmelzenden Kristallen, die den Augenblick nicht überdauern. Hier werden wir uns selbst verlieren, wie schon so oft. Das einzige, woran wir uns erinnern werden, ist das Vergessen.

Aber es gibt mehr als nur den verlorenen Wanderer. Was er ist, können ebenso andere sein, wir müssen sie bloß finden. Diese Lichter in der Winternacht, die sich nicht selbst ersticken.

Warum lassen uns die Straßen mit uns allein? Der Drache des Winters, seine furchteinflößende Magie, die wir selbst beschworen haben, wird uns zum Verhängnis. Niemand anderes wagt sich hinaus, damit wir ihm begegnen können.

Wir eilen zu den Wänden, um uns in ihren Fugen zu wärmen. Die verborgenen Adern der Steine sind im Augenblick erstarrte Flüsse, an deren Ufern wir einen Platz finden.

Wir können nicht betrachten. Wir können nicht lauschen. Es bleibt uns nur das Empfinden. Und das Erinnern an andere Zeiten und Gelegenheiten.

➤ Er kann es nicht sagen. Er kann es ihr nicht sagen. Er sollte es ihr sagen, das schuldet er ihr, nicht nur für all ihre Entbehrungen und Aufopferungen der letzten Jahre, sondern für das ganze Leben, das sie mit ihm verbracht hat. Aber er kann es nicht. Er bringt es einfach nicht fertig, und daher schweigt er, so wie er es die letzten drei Monate getan hat. Niemand weiß, warum er nicht spricht, aber alle haben es akzeptiert.

Er bewundert die liebevolle Hingabe, mit der seine Frau ihn füttert. Es gibt sein Lieblingseis, Vanille mit ein wenig Schokolade. Bei der Langsamkeit, mit der sein alter Mund Löffel für Löffel aufnimmt und den Happen auf der Zunge hin und her wiegt, wird das Eis geschmolzen sein, bevor auch nur der halbe Becher geleert ist. Aber sie haben keine Eile. Sie sind nicht so alt geworden, um sich von einer dahinschmelzenden Kugel Vanilleeis hetzen zu lassen.

Im Augenwinkel sieht er seine Tochter am Fenster sitzen und mit einem Mal fragt er sich, wann sie so alt geworden ist. Kinder werden plötzlich und ohne Vorwarnung erwachsen, das hat er schon vor Jahrzehnten begriffen. Dass sie ebenso plötzlich ihre eigenen Großeltern werden, das ist neu für ihn. Nur geduldig ist sie nicht geworden. Er sieht ihr die Verzweiflung an, mit der sie auf nur ein Wort wartet, bevor er stirbt. Nur ein einziges Wort von ihm, um endlich abzuschließen, was vor einer Ewigkeit vorgefallen ist. Er schuldet es ihr, aber er kann es ebenso wenig sagen wie das andere, das er seiner Frau nicht sagt.

Er wird sterben. Das ist keine neue Erkenntnis, er stirbt bereits seit Jahren auf Raten. Die Gewissheit hat sich verändert. Er stirbt bald. Fast meint er den Tag zu kennen, an dem es geschehen wird, hätten Tage nicht bereits vor langem ihre Bedeutung verloren. Eine große Rolle spielt es nicht, ob es morgen, übermorgen oder in einer Woche geschieht. Fest steht, dass die verbleibende Zeit überschaubar geworden ist. Er wird gehen. Er sollte es ihnen sagen, seiner Frau und seinen Kindern. Er sollte Abschied nehmen, vor allem von seiner Frau, die bei allem, was geschehen ist, treu zu ihm stand, die für ihn sorgt, ihn pflegt.

Er kann es nicht.

Es gibt nur einen Menschen, dem er es sagen könnte, es sagen will. In seinen Träumen, wenn die Gewissheit des nahenden Todes am deutlichsten ist, begegnet er diesem Menschen. Sie sieht aus, als hätte es die letzten sechzig Jahre nicht gegeben. Sie ist die junge Frau, von der er sich verabschiedet, um dann stundenlang zu weinen, kaum dass die Tür hinter ihr ins Schloss gefallen ist. Und gleichzeitig ist sie das jugendliche Mädchen, das er durch eine gemeinsame Bekannte auf einem Volksfest kennenlernt. Und sie ist die Frau der Jahre dazwischen, die glücklichen und die unglücklichen. Das alles hat er nie vergessen, nur hat er bis jetzt nicht mehr daran gedacht.

Er weiß nicht, wo sie jetzt ist, was aus ihr wurde, wie sie aussieht. Ob sie überhaupt noch lebt. Obwohl er sicher ist, dass sie lebt – so sicher, wie er weiß, dass er stirbt. Er würde gerne wissen, was mit ihr in den zurückliegenden sechs Jahrzehnten geschehen ist, und er würde es gerne von ihr erfahren. Doch selbst, wenn es möglich wäre, weiß er, dass ihm dazu keine Zeit mehr bliebe.

Wie ist es gekommen, dass sie sich über die Zeit verloren haben, war doch die Zeit immer ihre treueste Verbündete? Diese Frage beschäftigt ihn, obwohl er die Antwort kennt.

Während das Vanilleeis schmilzt, sind seine Gedanken einzig bei ihr und dem Wunsch, von ihr Abschied zu nehmen.

Er sollte es seiner Frau sagen, das schuldet er ihr.

Er kann es ihr nicht sagen.

Er kann es nicht sagen.

❇ Ein plötzlicher Gedanke zerrt uns aus dem schützenden Stein hervor, wirbelt uns umher. Die Lächerlichkeit des Versuchs, sich ihm entgegenzustemmen, wird uns augenblicklich bewusst. Wir ergeben uns.

Endlich verstehen wir die Schneeflocken. Wie oft nannten wir sie Tänzer im Wind, Ballerinas der Kälte, Primadonnas der Vergänglichkeit? Sie sind nichts von alledem, nur ein schwindendes Sein, das sich ergeben hat.

Wir betten uns auf die Geschichten dieser Nacht und ergeben uns in unser Schicksal, dessen seufzendes Niedersausen wir erwarten.

Es bleibt aus.

Statt dessen ist da wieder dieser eine, unsere erste und einzige Begegnung der Winternacht, unser Wanderer. Er hat sein Ziel erreicht. Der schwere Mantel öffnet sich, erlaubt einen flüchtigen Blick auf die in ihm verborgene Gestalt, als eine Hand in einer löchrigen Innentasche nach einem Schlüssel sucht.

Unser Glück ist so allumfassend, dass uns zum ersten Mal ein Detail entgeht. Es ist das wirklich entscheidende.

✳ Ich drehe mich zu euch um. Hier sind wir also, ihr und ich. Wir haben den gleichen Geschichten gelauscht. Und ich, das muss ich zugeben, habe euch ebenfalls zugehört. Vielleicht war es unhöflich. Aber ich war neugierig.

Ihr habt wirklich geglaubt, ich habe euch vergessen?

Eine letzte Geschichte. Diese Geschichte erzähle ich. Sie handelt von eurem Wanderer, gewissermaßen von mir, aber das wäre nicht wahr. Ihr und ich, wir sind begnadete Lügner, und das wissen wir. Wir denken uns bloß andere Wahrheiten aus.

➤ Für einen Moment hat ihn etwas abgelenkt. Er steht da, vor seiner Haustür, den Mantel geöffnet und eine Hand in der löchrigen Innentasche, die schon zahlreiche

Schlüssel im Futter verschwinden gelassen hat.

Und plötzlich weiß er, was ihn abgelenkt hat. Eine Erinnerung an eine bestimmte Stunde in der Winterzeit.

In einer Stunde wie dieser geht er die Straße hinunter, die direkt auf das Haus zuführt, in dem er wohnt. Schneeflocken umtanzen ihn wie Primadonnen der Vergänglichkeit, und er verliebt sich in diese Metapher, auch wenn er nicht weiß, ob er jemals dazu kommen wird, sie in einem Text zu verwenden.

In diesem Moment schaut er zufällig nach oben und erschrickt. In seiner Wohnung brennt Licht. Er kann sich nicht erinnern, das es brannte, als er zu seinem Spaziergang aufgebrochen ist.

Er eilt zu der Tür, vor der er jetzt steht. Er denkt nicht an einen Einbrecher, vielmehr wittert er ein Mysterium, das bereit ist, sich ihm zu offenbaren.

Es dauert seine Zeit, bis er das Haus betreten kann, denn das Loch in der Innentasche hat in dieser Stunde den Schlüssel in die Eingeweide des Mantels verschluckt. Es kommt ihm nicht in den Sinn, zu schellen, also wühlt er so lange und so tief in seinem Mantel, dass es sich anfüllt, als würde er selbst hinabsteigen in eine verborgene Welt der Futterale und Flusen.

Er wird fündig, bevor er erfroren ist. Hinter der Tür wartet auf ihn ein Treppenhaus aus der Zeit, bevor das Licht repariert wurde. Zwei Stockwerke der Finsternis erklimmt er mit schlafwandlerischer Sicherheit, im dritten stolpert er fast über einen Keramikhund, der seine übliche Ecke verlassen hat. Er wundert sich kurz darüber, geht dann jedoch weiter und erreicht endlich die erhellten Etagen.

Kurz flackert das Licht, eine Erinnerung blitzt auf, und unter seinen Sohlen knirscht es wie Glas.

Endlich hat er die Tür zu seiner Wohnung erreicht, als ihm auffällt, dass er den Schlüssel zurück in die Innentasche getan hat. Diese fatale Routine lässt ihn nun ziemlich dämlich dastehen.

Während seine Hand schon in das Mantelfutter hinabsteigt und er sich in Sicherheit wähnt, dass ihn niemand dabei sieht, öffnet sich die Tür.

Da steht sie: seine Königin. Und sie ist nicht so überrascht wie er.

»Du hast dich wieder in deinen Geschichten herumgetrieben.«

Er legt den Kopf schief und lächelt. Das ist wahrscheinlich geschehen. Eine bessere Erklärung fällt ihm auch nicht ein.

Und während er so – ein wenig beschämt – vor seiner Königin steht, steht er unten im Schneegestöber und erinnert sich mit einem versonnenen Lächeln daran.

Natürlich hat er sie in jener Winterstunde nicht vergessen. Nur bei sich selbst war er nicht achtsam. Aber das ist schließlich der Sinn der Liebe. Sie gibt einem alles, um man selbst zu sein.

Derweil richtet eine Königin ihrem Narren die Krone und gibt ihm einen Kuss. Über seine Schulter hinweg lächelt sie uns zu. Und dann schließt sie die Tür.

Wir kehren zurück zu den Schneeflocken, die zart und einzigartig in den Winterlichtern glitzern. ◆

TEIL 2: GEDANKEN FÜR DIE VERGESSENEN

Die Zeiten,
in denen sie lebt

Das Licht zieht an ihr vorüber. Es geht. Es kommt. Es geht. Mehr gibt es nicht. Es ist hell. Oder dunkel. Oder hell. Nur diese beiden Zustände, das Helle und das Dunkle – das ist die Welt. Es gibt keine Geräusche, keine Gerüche, keine Wärme oder Kälte. Nur die dunklen und die hellen Stunden.

Das sind die zwei Zeiten, in denen sie lebt. Es gibt noch eine dritte Zeit, auch wenn sie diese häufig vergisst. Das Licht und das Nicht-Licht sind das Außen, doch dann und wann fällt sie in die dritte, die innere Zeit.

Sie weiß nicht, wann das geschieht, wie lange sie dort bleibt und ob die inneren Stunden länger oder kürzer sind als die hellen oder dunklen. Zeit existiert nicht mehr. Nur noch Zustände.

Das Innere ist vergangen und doch gegenwärtig. In ihm gibt es mehr als nur Licht und seine Abwesenheit. Es gibt Farben und Klänge, Greifbares und Gerüche, Träume und Schmerzen.

Sie ist eine junge Frau aus dem Rheinland. Es ist Karneval, als sie ihn kennenlernt, einen adretten Arbeiter mit polnischem Namen, der so wenig polnisch spricht wie sie. Ein gut aussehender Mann in Anzug, mit gerader Haltung und schönen Händen. Die Hände faszinieren sie als erstes, dann die Augen. Dieser feierliche Ernst, mit dem sie das närrische Treiben verfolgen. Als wüssten sie etwas über die Welt, das nur wenige wissen. Er, dem diese Augen gehören, fügt sich nicht in die Ausgelassenheit ein. Seinen neckischen Hut trägt er mehr wie eine Entschuldigung als eine Verkleidung. Und während die lärmende, torkelnde Welt ihn kaum beachtet, besieht er sie sehr genau.

Natürlich verliebt sie sich in ihn.

Hell. Dunkel. Hell.

Ihre jüngste Tochter lacht. Sie liegt in ihrem Kinderwagen, der über die Kopfsteinpflaster rumpelt, und lacht. Wie soll der kleine Wurm auch begreifen, was die Sirenen bedeuten? Ihre Tochter sieht nicht die Menschen, die über die Straßen eilen, die versuchen, sich in Sicherheit zu bringen. Was soll das vergnügt kichernde Ding, das nicht einmal Worte kennt, wissen von der Angst der Menschen, die im Schatten der nahenden Flieger zu dem Bunker eilen, der Schutz verspricht?

Sie, ihre Mutter, weiß nicht, wo der Vater ihrer Kinder ist. Sie weiß nicht, wo ihre ältere Tochter ist. Es bleibt ihr nur zu hoffen, dass sie in Sicherheit sind, es ebenfalls in diesen oder einen anderen Luftschutzbunker schaffen. Ihr bleibt nichts anderes, als sich an das unschuldige Lachen ihrer Jüngsten zu halten und rechtzeitig den schützenden Beton zu erreichen, bevor die Bomben fallen.

Dunkel. Hell. Dunkel.

Es wird enden. Nicht hier, nicht heute, aber die Zeit läuft gegen sie. Sie hat zwei Kindern das Leben geschenkt, doch ihre Familie wird mit ihnen enden. Zwei Äste, die keine Früchte tragen werden. Ihre ältere Tochter – die Ernste, die Vernünftige – hat nur einen Fehler gemacht und an diesem hält sie fest. Ihr Mann hätte ein Arzt sein können, doch dann verliebte sie sich in einen Säufer und sprang mit ihm in den trunkenen Strudel, der sie beide hinabreißt. Und nun sitzt ihre jüngere Tochter – die Lachende, die Unvernünftige – vor ihr, mit Tränen in den Augen und der ärztlich bescheinigten Gewissheit in der Hand, dass sie alles sein wird, jedoch niemals eine Mutter.

Sie zieht ihre Tochter zu sich, hält sie, wie sie sie als Kind gehalten hat, eine Hand auf dem Rücken, die andere auf dem Schopf, und lässt sie weinen.

Hell. Dunkel. Hell.

Sie erinnert sich, wie die Welt ihr entgleitet. Wie das Helle immer heller wird, bis es alles überstrahlt. Wie das Dunkle immer dunkler wird, bis es alles überschattet. Es ist, als würde sie ganz langsam, Schritt für Schritt, von allem zurücktreten, bis sie sich eines Tages ebenso von ihrem Körper entfernt.

Dunkel. Hell. Dunkel. Hell.

Etwas ist anders. Es ist hell, aber da ist mehr. Etwas anderes, und sie braucht eine zeitlose Ewigkeit, bis sie anfängt zu begreifen. Sie spürt etwas. Das Echo von etwas, das sich an das schmiegt, was einmal ihr Körper gewesen ist. Erinnerungen an ihr eigenes Fleisch kommen hoch. Erinnerungen an Haut. Dort, an ihrem Körper, den sie vor so langer Zeit vergessen hat, ist ein kleines, zartes Leben. Es atmet. Es rührt sich. Es ist bei ihr, und sie kann es fühlen, wie es sich an ihren vergessenen Körper schmiegt.

Das Innere und das Äußere berühren sich. Etwas, das ihr Arm gewesen ist, bewegt sich. Eine vergessene Hand legt sich auf den Rücken des kleinen Wesens, die andere, ebenso vergessene Hand auf seinen Schopf. Sie hält es und fühlt es atmen. Sie fühlt sich atmen.

Das Helle bleibt das Helle, so wie das Dunkle das Dunkle bleiben wird. Es gibt die Zeit des Außen und es gibt die Zeit des Innen. Doch nun gibt es mehr. Eine vierte Zeit, die Zeit des Lebens.

Hell. Dunkel. Hell. Erinnern. Hell. Leben.

Und immer, wenn das kleine Wesen da ist und sich an sie schmiegt, hält sie es, wie sie einst ihre Töchter gehalten hat. Sie weiß nicht, was für ein Wesen das ist. Sie kann es nicht sehen, sie kann es nicht hören. Aber sie spürt es. Und während der inneren Stunden ahnt sie, was dies zu bedeuten hat.

So ziehen die Zeiten an ihr vorüber, bis zu dem Tag, an dem sie stirbt und es nur noch eine Zeit gibt. ◆

Goldfische

Man nannte es das Aquarium.

Genau genommen war es eine Art Wintergarten, ein überdachter Vorraum mit einer breiten Fensterfront. Der Blick nach draußen endete jedoch nach zwei Metern in wild wuchernden Rhododendronsträuchern. An zwei Wänden reihten sich geflochtene Korbsessel wie im Wartezimmer eines Arztes.

Die Leute, die hier tagtäglich saßen, warteten jedoch nicht auf den Arzt. Die meisten zumindest.

An jenem Tag saß nur eine Frau dort. Margarete war sechsundsiebzig Jahre alt. Sie hatte sich in ihrer besten Sonntagsgarderobe herausgeputzt und in den zweiten Sessel neben dem Eingang gesetzt. Im ersten Sessel zog es ihr zu sehr, aber von hier hatte sie noch einen Blick am Rhododendron vorbei auf die schmale Auffahrt mit den Rundsteinen, die im Winter für allerlei Stürze und gebrochene Hüften sorgten.

Margarete schaute nach draußen und wartete auf den Spielmannszug.

Die Büsche mit den dunkelgrünen Blättern erinnerten sie an einen feschen Soldaten namens Rudy Devron, der ihr den Hof gemacht hatte. Sie wusste nicht, wie lange das her war und was dies mit dem Spielmannszug zu tun hatte, aber sie fragte sich, was aus Rudy geworden war. Vielleicht spielte er jetzt in der Kapelle – das wäre wirklich eine Überraschung! Sein Mundharmonikaspiel hatte ihr die Trümmernächte erträglich gemacht. Wenn doch nur endlich der Spielmannszug käme und sie Gewissheit hätte!

Sie wird ihn doch nicht verpasst haben?

Die Tür nach draußen glitt auf und an dem Aquarium eilte ein junger Mann vorbei, der sie an irgendjemanden erinnerte, jedoch nicht an einen Musiker. Sie wollte ihn fragen, ob er etwas von dem Umzug wüsste, doch bevor sie ihre Frage formulieren konnte, war er schon wieder verschwunden.

Margaretes Blick fiel auf die Zeitung, die auf dem einzigen Tischchen lag.

Donnerstag, las sie, gefolgt von einem Tag im November. Beides ergab keinen Sinn. Mit dem Wochentag mochte sie sich manchmal irren, aber dass es Mai war, wusste sie mit klarer Gewissheit. Schließlich sollten die Spielmänner heute kommen.

Sie kam daher zu dem Schluss, dass die Zeitung hoffnungslos veraltet war. Seit einem halben Jahr lag sie nun hier und niemand hatte sie weggeräumt. Was für ein Haus! Aus Protest entsorgte Margarete sie ebenfalls nicht.

Wie stets, während sie wartete, verlor Margarete die Zeit. Ihren Uhren traute sie nicht. Wenn sie schlief, schlich sich jemand in ihr Zimmer und verstellte ihre Uhren. Einmal hätte sie den Missetäter auf frischer Tat ertappt, doch sie kam nicht schnell genug aus ihrem Bett. Sie hörte nur noch seine fliehenden Schritte.

Da sie also ihren Uhren nicht trauen konnte, traute sie ihrem Schlaf. Sobald sie aufwachte, war ein neuer Tag.

Doch wie dunkel es an diesem Morgen für die Jahreszeit war. Es würde hoffentlich kein Unwetter aufziehen. Die Vorstellung, dass der Spielmannszug abgesagt werden würde, stimmte Margarete traurig.

Herbert kam in das Aquarium geschlurft, verlottert wie immer, mit einem fleckigen Pullover über den ausgeleierten Hosenträgern, die nur notdürftig die Hose oben hielten. Seine Füße steckten in zwei unterschiedlichen Pantoffeln. Margarete rümpfte die Nase. Sie konnte nicht verstehen, wie man sich so gehen lassen konnte.

Sie erinnerte sich an ein schönes Haus mit Blick auf die Allee und einem Garten, der sich zum Wald hin erstreckte. Es war ihr Haus gewesen, doch sie hatte es verloren wie die Zeit. Soldaten – andere Soldaten als Rudy – waren gekommen und hatten es ihr weggenommen. Nun musste sie in dieser kleinen Wohnung leben, in der nachts ein Fremder ihre Uhren verstellte.

Herbert ließ sich schwerfällig in einen der Korbsessel fallen und starrte auf den Rhododendron. So saßen beide da und schwiegen.

»Wartest du auch auf den Spielmannszug?«, fragte Margarete schließlich in der Hoffnung, Herbert hätte etwas anderes zu tun und würde bald verschwinden.

»Hä?!«

»Der Spiel-manns-zug. Wartest du auf die Mu-sik?«

Herbert kratzte sich am Bauch und überlegte. »Gleich gibt es Abendessen.«

Margarete kicherte über seine Dummheit. »Es ist noch nichtmal Mittag.«

»Hä?!«

»Mit-tag. Gleich ist erst Mittag.«

Zum ersten Mal sah Herbert sie an. Überraschung und ein Anflug von Panik stand in seinen Augen. Er wollte etwas sagen, doch er vergaß die Worte, bevor sie seinen Mund erreicht hatten. Er starrte wieder auf den Rhododendron.

»Wie geht es uns?«, fragte eine dralle, junge Frau mit viel zu grell geschminkten Wangen. »Sie haben sich aber fein gemacht, Frau Jakobi. Haben Sie eine Verabredung?«

Margarete gefiel es, dass der fremden Frau ihre Aufmachung aufgefallen war.

»Ich warte auf den Spielmannszug«, sagte sie.

»Welcher Spielmannszug?«

Margarete deutete nach draußen, an einen Ort, der weit jenseits des Rhododendrons lag, irgendwo in einer anderen Zeit.

»Der Umzug zieht heute hier vorbei. Die Spielleute kommen die Straße hinunter und die Federbüsche auf ihren Hüten wippen mit jedem Schritt. Die Knöpfe an ihren Jacken sind poliert und glänzen in der Frühlingssonne. Vorweg hüpft der Stab mit den grünen und weißen Bändern auf und ab, und hinter ihm wirbeln die Trommeln. Wenn man ganz nahe steht, kann man die Schläge der Pauke im Bauch spüren. Es ist ein Kribbeln, wie wenn man frisch verliebt ist. Nur bei den Becken, da halte ich mir die Ohren zu. Aber dann kommen die Flöten. Es ist der schönste Anblick, zu sehen, wie die Finger der Männer wie Ballerinas über die Flötenlöcher tanzen.« Sie lächelte. »Vielleicht wird Rudy dieses Mal dabei sein. Ich habe so lange nicht mehr an ihn gedacht. Aber ich glaube, er spielt auch Trommel. Er war ja schließlich Soldat, da lernt man das Trommeln. Einmal führte er mich zum Tanzen aus, ganz ...«, sie senkte die Stimme, »... amerikanisch. Ich habe getanzt, wie ich noch nie getanzt habe. Mama war ganz böse auf mich, aber es war eine so schöne Nacht. Und er wusste sich zu benehmen, hat mich nicht angefasst oder andere grobe Dinge. Nur einen Kuss auf die Wange hat er mir gegeben, als wir uns verabschiedet haben. Er wollte Musiker werden und hier bleiben. Jetzt spielt er sicherlich in der Kapelle. Da! Hören Sie?«

Ein Ton hatte Margarete aufgeschreckt, wie das Echo einer Flöte. Sie sah sich um und stellte fest, dass sie alleine war. Die Frau war verschwunden, Herbert ebenfalls. Nur sein strenger Geruch hielt sich noch im Aquarium auf.

Margarete blieb sitzen. So saß sie da, in ihrem dunkelblauen Kostüm und mit dem

Blumenhut, den sie so sehr mochte, das Gesicht dezent geschminkt und die Handtasche auf dem Schoß. Eine stilvolle, würdige Erscheinung, bis in das letzte Detail geschmackvoll abgestimmt. Sie saß und wartete.

Der Spielmannszug kam nicht. Dafür die Schwester, die sie in den Speisesaal zum Abendessen führte.

Als sich Margarete zum Schlafen legte, hatte sie den Spielmannszug vergessen. Nicht jedoch den Übeltäter, der nachts ihre Uhren verstellte. Sie schlief ein, bevor er sich in ihre Wohnung schlich. ◆

Der Barhocker

»Gerda, ich habe mich gefragt, ob du diesen Barhocker brauchen kannst.«

In der Tür zur Ruhrstube stand ein älterer Herr über sechzig, vielleicht auch älter. Er kleidete sich, wie sich ältere Herren kleideten. Eine ockerfarbene Jacke, die nicht schlecht saß, aber auch nicht gut. Eine dunkelblaue Hose, zur Hüfte hochgezogen und von Bauch und Hosenträgern oben gehalten. Dazu ein gestreiftes Hemd. Die weißen Haare waren akkurat zur Seite gekämmt, die Wangen sauber rasiert.

Und in einer Hand hielt er einen Barhocker.

Die Männer in der Ruhrstube sahen nicht auf. Gerda seufzte.

Es war Frühshoppen. Die Ruhrstube war wie immer gut gefüllt, etwa zehn Männer saßen am Tresen, einer am Tisch. Männer, die seit vierzig Jahren hierher kamen. Der Spielautomat blinkte und durch die trüben Butzenglasfenster schimmerte die Sonne.

Es war nicht das erste Mal, das ich ihn hier sah.

»Danke. Kein Bedarf«, sagte Gerda.

Es schien eine naheliegende Frage, ob eine Kneipe wie diese einen Barhocker brauchte.

Wir alle saßen auf einem. Außer Gerda. Und der Mann am Tisch.

»Er ist noch gut. Ein guter Hocker«, sagte der Mann und wie zum Beweis schlug er mit der flachen Hand auf die Sitzfläche. »Ich hab noch ein paar mehr.«

»Trink einen.« Gerda stellte ihm an der Stelle von der Theke, an der er immer saß, ein Bier hin und schenkte ihm einen Klaren ein. Der Mann setzte sich – wie um zu zeigen, wie gut er wirklich war – auf seinen mitgebrachten Hocker.

»Wer zur Hölle ist das?«, raunte ich Kurt zu.

»Fritz«, sagte Kurt, der über alles Bescheid wusste. »Unser Fritz.« Damit war alles gesagt. Karl, der mit der Stirn auf dem Tresen schlummerte, hob nicht einmal den Kopf.

Mit großer Konzentration griff Fritz nach dem Pinnchen, führte es zu den Lippen und trank es in zwei ruhigen Schlucken zur Hälfte aus. Er stellte es ab und widmete sich dem Bier. Wäre nicht die Sache mit dem Barhocker gewesen, er wäre mir nicht weiter aufgefallen. Er war wie die anderen alten Herren, die morgens in der Ruhrstube saßen. Seit vierzig

Jahren gab es die Kneipe schon – darauf machten selbstgedruckte Schilder im Fenster und an der Tür aufmerksam – und seit vierzig Jahren kamen sie hierher. Als sie so alt waren wie ich, kamen sie nach der Zeche hierher, um den Kohlestaub aus den Kehlen zu spülen. Heute kamen sie aus Gewohnheit.

Hätte ich Arbeit, wäre ich vielleicht auch zum Feierabendbier hier. Hatte ich aber nicht, also war ich einfach so da.

Ich konnte den Blick nicht von Fritz lassen. Die meisten starrten vor sich oder auf den Schrein mit den Heiligenbildchen vergessener Schlagerstars. Es gab nur vereinzelte, gemurmelte Gespräche, im Hintergrund lief dezent Musik, jemand summte mit. Ich saß zwischen Kurt – das Gespräch zwischen uns war bereits versandet – und Karl – der den Kopf immer noch auf dem Tresen bettete –, die Zeitung vor mir. Und konnte die Augen nicht von Fritz lassen. Etwas an ihm weckte Erinnerungen in mir, wie er dort saß, mit leicht abwesendem Blick und dem gekämmten Haar, auf dem Hocker, den er selbst mitgebracht hatte, ganz vertieft in das Herrengedeck vor ihm.

Dann fiel es mir plötzlich ein: Es war mein Onkel.

Als Kind bin ich in einer Siedlung ähnlich wie dieser hier aufgewachsen, nur dass die Häuser früher alle noch grau waren. Kurz vor der Zeit, als neue Leute hinzugezogen sind, die niemals unter Tage waren. Die Vorbesitzer waren mit ihrer Rente und ihrem Ersparten in den Süden geflohen oder geblieben, bis man sie ins Heim steckte oder sie ihre letzte Fahrt untertage antraten. Die neuen Leute – Erben oder Neureiche mit einer Sehnsucht nach Zechenromantik – verkleideten die grauen Häuser neu, bauten sie aus und um. Da war es dann mit der Nachbarschaft vorbei. Die Zurückgebliebenen, die ihre solide Rente nicht in den Süden getragen hatten, machten mit.

Mein Onkel war in seiner Straße am Ende der letzte seiner Art gewesen. Von außen hatte man das seinem Haus nicht mehr angesehen, das wusste der Stolz zu verhindern, innen war die Zeit jedoch stehen geblieben. Im Haus und in meinem Onkel.

Ich hatte ihn zum Schluss nur noch selten besucht, schließlich wohnte ich da bereits nicht mehr in der Stadt, und irgendwie hatten wir uns auch seit Jahren nichts mehr zu erzählen. Was nicht ganz stimmt: Er hatte mir viel zu erzählen, allerdings waren es immer die gleichen Geschichten.

Ich erinnerte mich an den letzten Besuch. Es war eher zufällig. Ein Schulfreund hatte geheiratet, ich war in der Gegend, und aus einer Laune heraus dachte ich mir: Schau ich doch mal vorbei. Mein Onkel lebte seit vier Jahren alleine, seitdem meine Tante gestorben war. In der Zeit hatte ich ihn vielleicht fünf-, sechsmal gesehen. Als er die Tür öffnete, erschrak ich. Mein Onkel war immer ein gepflegter Mann gewesen – wie unser Fritz in Gerdas Kneipe –, doch er stand vor mir mit zerzaustem Haar, in Jogginghose und Unterhemd. Und mit Bartstoppeln. So lange wie ich meinen Onkel kannte, hatte ich ihn nie unrasiert gesehen. Selbst wenn wir früher mit der ganzen Familie in den Urlaub geflogen waren, hatte er sich erst rasiert und gekämmt, bevor er an den Frühstückstisch gekommen war.

Es schien etwas zu dauern, bis er mich erkannte, dann führte er mich hinein und schlurfte durch das Museum, in dem er lebte.

Es hatte sich seit dem letzten Mal nichts verändert, nur der strenge Geruch, der über allem lag, hatte zugenommen. Das Wohnzimmer sah immer noch so aus, wie zu meiner Kindheit. Derselbe türkische Teppich, auf dem Geparden Rehe jagten und auf dem ich als Kind gespielt hatte. Derselbe gekachelte Wohnzimmertisch, um den sich die Sofas und der Sessel gruppierten. Die Bezüge waren schon seit Jahrzehnten durchgescheuert, doch konnte man das unter den Tagesdecken nicht sehen.

Ich nahm auf einem Sofa Platz, zwischen Kissen mit gehäkelten Bezügen, die meine Mutter irgendwann gefertigt hatte, als ich zwanzig Jahre jünger gewesen bin. Mein Onkel saß im Sessel, die Hände auf den Armlehnen, wie die Statue eines antiken Königs. Vor vier Jahren noch hatte er dort nie gesessen. Es war der Sessel meiner Tante gewesen, niemand anderes hatte dort gesessen. Um uns herum, auf den Tischen und in den Regalen, standen die Statuen aus Messing, die Bergleute in verschiedenen Posen zeigten. Sie blickten mit den gleichen leeren Augen, mit denen auch mein Onkel mich ansah. Augen aus der Vergangenheit.

Wir sahen uns an, jedenfalls glaubte ich, dass er mich ansah, und sagten nichts. Das Pendel der Stehuhr im Esszimmer nebenan schlug bis hierhin hörbar aus. Meine Tante war eine leidenschaftliche Köchin gewesen, auch wenn sie sich sonst für nichts außer Nachbarschaftstratsch interessierte. Sie hatte ihren Stuhl am Fenster gehabt, direkt neben dem Herd, das Kissen griffbereit auf der Fensterbank. Der Stuhl stand immer noch am Fenster, das hatte ich im Vorbeigehen gesehen.

Früher hatte es hier im Haus, das nun so drückend leer war, rauschende Feste gegeben. Wir waren einmal eine große Familie, bis sich alle zerstritten hatten. Die ganze Straße war immer eingeladen gewesen und alle waren gekommen. Bis auch sie sich zerstritten hatten und nur noch über Anwälte miteinander sprachen. Bis die anderen fortgezogen oder gestorben waren.

»Willst du etwas trinken?«, fragte mein Onkel.

»Bleib sitzen, ich hole mir selbst etwas.«

Es dauerte, bis ich ein Glas gefunden hatte, das ich benutzen wollte, und das spülte ich erst einmal. Eine innere Stimme riet mir davon ab, in den Kühlschrank zu schauen, daher begnügte ich mich mit Wasser aus dem Hahn. Als ich zurück ins Wohnzimmer kam, hatte mir mein Onkel einen Untersetzer auf den gekachelten Wohnzimmertisch gelegt. Es war ein verblichenes, gelbes Stück Pappe, das sie sich irgendwann vor dreißig oder vierzig Jahren hatten bedrucken lassen. *Nirgendwo schmeckt das Bier so gut wie hier* stand darauf in verschnörkelter Schrift.

Hinter dem Sessel, auf dem mein Onkel saß, als hätte er sich nicht bewegt, führte eine Glastür auf die Terrasse, die angelegt worden war, als die Nachbarn links und rechts sich eine Terrasse gebaut hatten. Irgendjemand schien sich ein Zubrot zu verdienen, indem er meinem Onkel den Rasen mähte. In einem Blumenbeet ohne Blumen stand ein Kohlenwagen, randvoll mit Erde, ebenfalls ohne Pflanzen. Der kleine Gartenteich hatte sich in einen Tümpel verwandelt, und ich hatte kein sonderliches Interesse daran, hinauszugehen und ihn mir aus der Nähe anzusehen. Dahinter stand die Gartenlaube, ein weiteres kleines Museum mit Bergbaudevotionalien.

Mein Onkel blinzelte und sah mich unvermittelt direkt an. »Du bist doch ein Studierter. Ich hab da mal ne Frage.« Mein Onkel, der in dem alten, durchgesessenen Sessel saß, auf einer Decke, die neu gewesen war, bevor ich geboren wurde, inmitten der Statuen aus Messing und Bronze und der gravierten Kohlestücke, die wie Pokale und Trophäen in den Schränken vor sich hinstaubten, beugte sich vor.

»Was ist eine Grubenlampe?«

Unser Fritz hatte mittlerweile sein Bier ausgetrunken, ohne Eile und mit großer Sorgfalt. Er nahm das Pinnchen auf und trank den Rest des Klaren, wieder mit zwei langsamen Schlucken, zwischen denen er das Glas kurz von den Lippen nahm.

»Noch eins?«, fragte Gerda von ihrem Platz aus. Als Antwort legte Fritz den Bierdeckel auf das Glas.

»Ich muss heim.«

Er stand auf, wankte etwas und richtete seine Jacke. Kurz ließ er den Blick durch die Ruhrstube schweifen, dann klopfte er zweimal mit der Faust auf den Tresen. Einige der anderen Männer murmelten etwas.

Damit wandte er sich zum Gehen, ohne zu zahlen, wie es die meisten taten. Nahezu jeder hier hatte seinen Deckel und seinen festen Tag, an dem er ihn beglich oder um Aufschub bat.

»Fritz!«

Der alte Mann blieb in der Tür stehen, sah sich um, wer ihn gerufen hatte, und blickte dann zu Gerda.

»Du hast deinen Hocker vergessen.«

»Meinen Hocker«, sprach er, als würde er diese Wörter das erste Mal benutzen. Er starrte auf den Hocker, auf dem er bis eben noch gesessen hatte, und man konnte dem Begreifen zusehen, wie es langsam in sein Bewusstsein kroch. Dann lächelte er, als hätte er einen plötzlichen Einfall gehabt.

»Kannst du ihn brauchen?«

»Nein, Fritz. Ich habe genug Hocker. Nimm ihn mit.«

Fritz, unser Fritz, nickte langsam, ging die paar Schritte zurück, griff sich seinen Hocker und ging mit ihm nach draußen.

»Der kommt wieder«, murmelte Kurt.

Ich sah Fritz hinterher und dachte an meinen Onkel.

So wollte ich nie enden. Und jetzt saß ich hier in der Ruhrstube, einer von einem Dutzend Gestrandeter, kannte alle ihre Geschichten und stellte mit einem Mal fest, das meine eigene sich kaum von ihren unterschied.

Ich trank mein Bier aus, zahlte, verabschiedete mich von Gerda, klopfte Kurt wortlos auf die Schulter und ging. Als ich an der Tür war, hob Karl den Kopf.

»Bin ich immer noch hier?« ◆

Weihrauch

Zögerlich erlosch die letzte Glut der Zigarre. Ihr Rauch wurde zu einem dünnen Faden, der sich schließlich auflöste. Mit ihm verging alles andere, die ganze Welt.

»Ach Fritz, hättest du dich bloß nicht von dem Russen erwischen lassen.«

Frau Bloch lehnte sich in ihrem ausgesessenen Sessel zurück. Als Kind wollte sie Nonne werden, das war bevor sie die Liebe erfuhr. Nun lebte sie wie eine in ihrer kleinen Klause, der leeren, schmucklosen Wohnung. Es war nur wenig, das sie besaß, doch das war alles, was sie benötigte.

Nein, alles hatte sie nicht, jedenfalls nicht in diesem Moment.

Sie sah auf die Uhr. Es war kurz nach zwei. Gleich würde Mutti kommen. Es war Mittwoch, und Frau Bloch hatte gehört, wie sie vor einer Stunde die Wohnung verließ, um mit ihrem Sohn einkaufen zu gehen. Bald müsste sie zurück sein. Sicherlich hatte sie jemanden getroffen. Mutti ließ sich gerne in ein Gespräch verwickeln. Auch dafür liebte Frau Bloch sie.

Es klopfte an der Tür. Es musste Mutti sein. Sie oder die Schwester, sonst klopfte niemand bei Frau Bloch. Mutti würde ihr den langen Tag versüßen, die Schwester bloß wieder schimpfen, Frau Bloch solle mit dem Rauchen aufhören. Pah, dieses junge, dicke Ding hatte doch gar keine Ahnung!

Im Sitzen zog Frau Bloch ihre grauen Kniestrümpfe hoch und stemmte sich dann mit der konzentrierten Ruhe aus dem Sessel, die ihr Körper mit seinen sechsundachtzig Jahren einforderte. Wer immer bei ihr an der Wohnungstür stand, durfte keine Eile haben.

Mit kleinen, aber festen Schritten ging sie durch den winzigen Flur. Da in der Zwischenzeit niemand einen rasselnden Schlüsselbund zückte, sich damit Zutritt zu ihrer Wohnung verschaffte und laut ihren Namen rief, konnte es nicht die Schwester sein.

Frau Bloch öffnete die Tür.

»Mutti!«

Mutti war vierzig Jahre jünger als Frau Bloch, aber schon zogen sich erste graue Fäden durch ihr dunkles Haar. An den Saum ihres geblümten Sommerkleids krallte sich der kleine Michael und ließ seine hellblauen Augen zwischen den beiden Frauen hin- und herwandern.

»Ich habe dir etwas mitgebracht, Frau Bloch«, sagte Mutti und zückte ein Päckchen mit dicken, kurzen Zigarren. Die billigste Sorte, aber sie erfüllte ihren Zweck.

»Du bist die Beste, Mutti. Warte, ich hole mein Geld.«

»Du musst sie nicht bezahlen.«

»Ich bestehe darauf.«

»Frau Bloch, es ist Monatsende.«

Frau Bloch verzog verdrießlich das Gesicht. »Ach Mutti, wie recht du hast. Die Blutsauger von der Hausverwaltung haben von meiner armen Rente nichts gelassen.«

Mutti gab ihr das Päckchen. »Deswegen wirst du sie nicht bezahlen. Sie sind ein Geschenk.«

Die alte Frau ging zu Mutti, zog sie zu sich hinunter und gab ihr einen feuchten Kuss auf die Wange. »Danke, Mutti. Die Schwester hat wieder mit mir geschimpft. Ich solle endlich das Qualmen sein lassen. Ausgelacht habe ich sie. Weißt du, wie lange ich jetzt schon paffe? Seit siebzig Jahren. Früher war es gar nicht schicklich, wenn ein junges Ding die dicken Röhren qualmte. Damals hat es mich nicht interessiert, wenn andere sagten, ich solle aufhören. Und jetzt lasse ich es mir erst recht nicht sagen. Als ob es der Schwester um meine Gesundheit ginge! Die Zigarren sind gut für mich, habe ich ihr gesagt. Sie halten mich am Leben.«

Mutti nickte und lächelte.

Der kleine Michael schob sich vor. Es war deutlich zu sehen, dass ihn etwas beschäftigte. »Warum sagst du 'Mutti' zu Mama, Tante Frau Bloch?«

»Weil sie eine gute Frau ist. Sie kümmert sich um mich wie früher meine Mutti, als ich so groß war wie du.«

Der Junge schürzte die Lippen und nickte konzentriert. »Wenn Mama deine Mutti ist, bist du meine Schwester?«

»So in der Art.« Frau Bloch zerzauste ihm das Haar. Zu gerne hätte sie ihm etwas zugesteckt, eine Süßigkeit oder zumindest einen Groschen. Aber weder das eine noch das andere besaß sie.

»Soll ich dir etwas verraten? Diese billigen Dinger schmecken scheußlich.«

»Warum rauchst du sie dann?«

»Stell nicht so viele Fragen«, mischte sich Mutti ein.

»Nein, schon gut. Der Junge soll nur immer fragen. Das Rauchen ist wie ein Gebet. Du gehst doch sonntags in die Kirche?«

An der Art, wie Michael nickte, konnte Frau Bloch sehr genau sehen, dass er nicht gerne dorthin ging. Sie konnte es ihm nicht verübeln. Sie selbst hatte seit Jahrzehnten keiner Messe mehr beigewohnt. Dennoch hätte jeder Frau Bloch als eine gläubige Frau bezeichnet. Und das stimmte.

»Es ist wie Weihrauch.«

»Das stinkende Zeug, mit dem der Pastor wedelt?«

»Jetzt reicht es aber, Michael. Wir gehen nach Hause. Entschuldige, Frau Bloch, das nimmt er garantiert von seinem Vater.«

Frau Bloch lächelte und verabschiedete die beiden.

Jetzt hatte sie alles, was sie benötigte.

Die kleine Altenwohnung mit der winzigen Kochnische, die sie nie benutzte, der alte Sessel und der flackernde Fernseher im Wohnzimmer, ihr Bett unter dem Herrn am Kreuze, drei Mahlzeiten am Tag – und ein neues Päckchen der günstigsten Zigarren. Frau Bloch verließ ihre Wohnung nur, wenn sie hinunter zum Speisesaal ging. Das Haus hatte sie schon lange nicht mehr verlassen. Wozu auch? Sie kannte die Welt da draußen, viel besser als man es ihr zugetraut hätte. Es war nicht die Welt da draußen, die sie brauchte. Es war die andere Welt.

Zeit für ein Gebet.

Frau Bloch legte das Päckchen neben den überquellenden Aschenbecher auf den Tisch. Langsam ließ sie sich wieder in ihren Sessel fallen. Schlieren der Sommersonne fielen durch die Fenster, auf die sich der Qualm der letzten Tage als schmierige Schicht gelegt hatte. Behutsam wickelte sie die Folie ab, öffnete das Päckchen und zog mit gichtigen Fingern eine Zigarre hervor. Wie hatte sie es geliebt, die Spitze abzubeißen und auszuspucken, doch von dieser Gewohnheit hatte sie sich schon vor langer Zeit zusammen mit ihren Zähnen verabschiedet. So griff sie also nach dem Zigarrenschneider, den ihr Vatti vor vier Jahren zu Weihnachten geschenkt hatte. Die Spitze fiel ihr auf den dunkelblauen Rock. Sie packte sie, dachte kurz nach und schnippte sie dann auf den Boden. Für die Schwester.

Frau Bloch zog die Zigarre der Länge nach unter ihrer Nase entlang und inhalierte das Aroma der gerollten Tabakblätter. Was für ein billiges Kraut, aber allemal besser als das, was sie im Krieg hatte rauchen müssen. Selbst der beißende Geruch weckte Erinnerungen, Erinnerungen an vergangene Zeiten. An Bälle und Tänze, Lachen, goldene Lichter, kristallklare Schnäpse und süße Küsse.

Die Liturgie hatte bereits begonnen.

Frau Blochs Lippen umschlossen den Schaft, nässten ihn mit einem feuchten Kuss. Das alte Feuerzeug klappte auf, ein schwungvoller Dreh am Rädchen entzündete den benzingetränkten Docht, und dann zog und saugte Frau Bloch, bis das Ende der Zigarre zu ihrer Zufriedenheit glühte. Mit geschlossenen Augen trank sie den Rauch und schmeckte ihn wie Wein im Mund ab. Rau, von bitterer Würze, doch dahinter die Erinnerung an Erinnerungen.

Frau Bloch nahm einen weiteren Zug, lang und genüsslich. Er verlangsamte die Zeit, brachte sie zum Stillstand.

Sie atmete aus und öffnete die Augen. Der bläuliche Dunst entfaltete sich wie eine Rose aus Rauch, hing über ihr in der Luft und wirbelte durch die blassen Sonnenstrahlen.

Wolken, die Regen mit sich trugen. Die ersten Tropfen gingen nieder. Ein Pferd flüchtete vor dem aufziehenden Gewitter.

Einen Herzschlag später war es mitsamt den Wolken verschwunden.

Ein neuer Zug. Das leise Knistern der braunen Tabakblätter. Ausatmen.

Ein Lächeln. Es wurde zu einer Hand, wurde zu einer Träne. Einem Vogel.

Atmen.

Das Licht zeichnete die Umrisse eines Gesichts in den Dunst. Mit der andächtigen Hoffnung, mit der man ein Wunder erwartet, verharrte Frau Bloch in ihrem Sessel. Doch das Wunder blieb aus. Der Rauch war zu dünn, verzog sich, die Zeichnung verblasste.

Atmen.

Kreise entstanden, Wirbel. Ein See, in dessen kaltes Wasser ein schmaler Fuß eintauchte und erschrocken zurückschreckte. Das Echo von Lachen. Ein Baum, dessen mächtige Krone den Himmel verdunkelte. Seine Wurzeln tranken das Wasser des Sees, ließen ihn vertrocknen. Der Baum starb.

Atmen.

Ein Fenster, durch das Frau Bloch auf das Fenster ihrer Wohnung blickte. Sie sah die Ablagerungen des Rauchs, mehr nicht.

Drei Zigarren in der Packung, die erste zur Hälfte geraucht. Und die Woche war noch lang. Nachschub gab es erst wieder am Mittwoch, dann von ihrem eigenen Geld. Ein neuer Monat wird begonnen haben.

Es wäre besser, die Liturgie zu beenden. Doch Frau Bloch nahm noch einen Zug, einen besonders tiefen. Der Rauch kratzte ihr über den Gaumen, doch jemand wie Frau Bloch hustete deswegen nicht. Sie behielt den Rauch in ihrem Körper, spürte, wie er sich in ihr ausbreitete. Erst als ihr Körper aufbegehrte, pochend nach Atem verlangte, stieß sie die bläuliche Wolke aus, ein Schlot in der Fabrik ihrer Erinnerungen.

Jetzt endete die Zeit.

Wie ein hauchdünner Schleier legte sich der Dunst um einen unsichtbaren Körper. Er schmiegte sich an Schultern, Wangen und Nase, strich über die Stirn und verfing sich im Haar. Er verdeckte die Augen, doch Frau Bloch spürte den Blick.

»Hallo, Fritz, mein Liebster.«

Der Rauch sank nieder, umtanzte die lächelnde Frau Bloch. Verspielte Finger tänzelten wie Spinnenbeine über ihre Arme. Lippen beugten sich herunter und küssten ihre Stirn.

»Du weißt, dass ich hier bin.«

»Ja. Das weiß ich. Aber es ist schön, dich zu sehen. Außerdem wirst du deinem Mädchen wohl nicht das Rauchen verbieten wollen, mein verhinderter Priester.«

»Meine verhinderte Nonne.«

Sie lachten. Und dann tanzten sie mit kleinen, wiegenden Schritten. Bis die letzte Glut der Zigarre erlosch und die Welt verging. Bis die Schwester polternd in das Zimmer kam.

Das Gebet war zu Ende.

Das Päckchen mit den Zigarren noch nicht leer. ◆

Der letzte Besuch

»Ist es nicht gut, draußen an der frischen Luft zu sein?«, fragte meine Begleiterin, deren Namen ich einige Zeit später verlieren sollte. Ich erinnere mich noch an ihre unterrasierten Haare.

»Du hättest diesen Ort vor der Renaturalisierung sehen sollen. Er hat seitdem gewonnen und versucht nicht mehr etwas zu sein, was er nie sein wollte.«

Meine Begleiterin ging nicht weiter darauf ein, sie war solcherlei von mir gewohnt. »Wohin wollen wir gehen?«

»Ich muss etwas erledigen«, sagte ich. »Für einen Freund.«

»Wo wohnt dieser Freund?«

Ich blieb ihr die Antwort schuldig.

Wir gingen durch den Wald, meine Begleiterin dicht hinter mir. Den Bäumen um uns herum glitt die Borke vom Bast. Sie waren keine stolzen Pflanzen, eher kümmerliche Gesellen, die sich ängstlich zusammengefunden hatten. Ich hatte sie anders in Erinnerung. Nun schienen sie kontinuierlich zu schrumpfen.

Wir kamen an einer besonderen Stelle vorbei und ich hielt an.

»Früher war dies eine Festung«, sagte ich. »Eine bestürmte Bastion, die allen Feinden standhielt, erbaut auf einem unerschütterlichen Fundament, in dem die Mauern wurzelten.«

»Ich sehe nur einen Haufen Steine«, bemerkte meine Begleiterin und hatte damit recht.

Einige Steine, kniehoch in einem Rund aufgeschichtet, umschlossen einen Steinboden, zu dem acht flache Stufen hinaufführten. Nicht einmal genug, um das Fundament eines Turmes zu sein, dennoch: In meiner Erinnerung wühlten sich aus dem mit Herbstblättern bedeckten Boden weitere Steine, schließlich riesige Quader, schwebten zu dieser Stelle und fanden ihren Platz. Stein auf Stein wuchs der Turm in die Höhe, bald darauf schloss sich die gesamte Festung an.

Die Festung, die ich gleichermaßen bestürmt wie verteidigt hatte.

Ich hätte es meiner Begleiterin zeigen können. Sie war leicht zu beeindrucken. Aber ich war nicht hergekommen, um alte Geister zu beschwören.

»Das ist lange her«, sagte ich stattdessen. Mein Blick wanderte über die Bäume. Für einen kurzen Augenblick erblühten sie in ihrer alten Kraft, und zwischen ihren Stämmen sah ich einen blonden Jungen Schatten jagen.

Meine Begleiterin ging weiter, ich vor ihr her. In meinem Rücken fragte sie: »Wie war es früher?« Ihr Interesse schien mir aufrichtig.

»Es war wie immer: anders. Alles war größer, aber das ist natürlich eine Illusion. Etwas bleibt einem nur so lange groß, bis man etwas Größeres zum Vergleich hat.« Ich drehte mich zu ihr um. Plötzlich war ich mir nicht mehr sicher, seit wann sie mich begleitete. »Du bist von hier, oder?«

Sie nickte leicht irritiert. Es fiel mir schwer, sie einzuordnen. Kannte ich sie schon länger, war ich gar mit ihr hierher gekommen? Oder waren wir uns gerade erst im Wald begegnet?

Ich musste mich auf das Gespräch konzentrieren, auch wenn ich mich damit zum Deppen machen würde.

»Willst du fort?«, fragte ich.

»Nein. Früher, als ich jung war, da wollte ich immer weggehen. Aber jetzt nicht mehr.«

Jetzt war es an mir, sie irritiert anzusehen. Sie war jung, allenfalls Anfang Zwanzig.

Es gab mal eine Zeit, da dachte ich wirklich, ich werde alt. Es war, als mich die Begeisterung der Jugend mehr interessiert hatte als meine eigenen Träume. Das hatte sich zum Glück gelegt. In jenem Moment gab mir meine Begleiterin das Gefühl, jünger als sie zu sein.

»Was hat dich hier gehalten?«

»Die Stille«, sagte sie mir. »Mir gefällt es hier.«

Eine Weile gingen wir schweigend hintereinander durch den Wald, seinem Ende entgegen. Er war wirklich nicht groß. Ich hatte andere Wälder gesehen, die diese Bezeichnung tatsächlich verdient hatten.

Noch bevor wir das Ende des Waldes erreichten, stellte sie die unvermeidbare Frage.

»Warum sind Sie zurückgekommen?«

»Ich muss etwas für einen Freund erledigen.«

Sie gab sich mit der Antwort zufrieden, hakte nicht weiter nach, aber ich spürte, dass etwas für sie nicht stimmte. Ich nahm es hin.

Der Wald endete. Der Kiesweg, dem wir bisher gefolgt waren, ging über in einen Platz mit Pflastersteinen. Zu unserer Linken erstreckte sich eine verwilderte Wiese. Wieder drängten sich Bilder auf, überlagerten das, was ich sah. Das Gras war akkurat auf eine Länge gestutzt, über ihm hing ein leichter Benzingeruch. Drei Reihen von Obstbäumen standen dort, jeder Baum im genau gleichen Abstand zum anderen. Kräftige Hände hoben einen zerbrechlichen Körper in die Äste. Ein blonder Junge zog sich nach oben, pflückte eine Birne und biss hinein.

Ich fuhr mir über die Lippen, um den Saft vom Mund zu wischen. Meine Hand strich durch den struppigen Bart.

»Kennen Sie noch die Obstbäume?«, fragte meine Begleiterin, als hätte sie meine Gedankenbilder ebenfalls gesehen. »Mein Opa hat mir von ihnen erzählt. Man überließ sie sich selbst und sie wurden von Schädlingen befallen. Man musste sie am Ende fällen, einen nach dem anderen.«

»Die Birnen waren köstlich.«

Ich wandte den Blick von der Wiese. Ihr gegenüber, zu unserer Rechten, stand ein herrschaftliches Haus.

»Wir sind da«, sagte ich.

Die Villa hatte bessere und schlechtere Zeiten gesehen, nun befand sie sich irgendwo dazwischen. Sie war keine Ruine, schien allerdings auch nicht bewohnt. Ich wusste es besser.

Meine Begleiterin hatte mich offensichtlich nicht gehört.

»Es ist traurig, wie das Haus verfällt, nicht wahr? So ein schönes Gebäude. Aber es ist kein Geld da und es findet sich niemand, der es kaufen will.«

»Ich muss da hinein. Deswegen bin ich hier.«

»Man kann nicht hinein. Es ist einsturzgefährdet. Vor zwei Jahren sind ein paar Jugendliche eingedrungen und einer hat sich das Bein gebrochen. Seitdem ist das Haus verrammelt.«

Ich ging trotzdem. Meine Begleiterin machte keine Anstalten, sich mir anzuschließen, also ließ ich sie stehen.

Es war ein repräsentativer Bau, ein Ausdruck industrieller Herrlichkeit, erbaut als Symbol eines aufgestiegenen Bürgertums, das die Geltungssucht überwundener Stände imitierte. Drei Stockwerke, doch schon von außen wirkte jedes Fenster, als würde sich dahinter ein prächtiger Festsaal verbergen. 140 Jahre war dieses Gebäude nun alt, sein ursprünglicher Zweck heutigen Generationen nur noch schwer zu erklären, und die aufgestiegene Klasse, die es sich erbaut hatte, lange verschwunden. In ihm spiegelte sich der Aufstieg, der Niedergang und das Vergessen des ganzen Ortes.

Eine geschwungene Treppe führte hoch zu dem Eingang. Meine Begleiterin hatte sich geirrt. Die Tür war nicht verrammelt, sie stand offen. Ich ging hinein.

Lange bevor das Gebäude selbst anfing, zu verfallen, hatte es in sich menschliche Ruinen beherbergt. Hier begann eine Geschichte, die ich nun zu Ende erzählen wollte.

Kleine Tiere flohen vor dem Echo meiner Schritte. Wurzeln krochen über dem Boden zurück in die Risse, aus denen sie empor gestiegen waren. Farbe blätterte zurück an die Wände. Ich hörte in der Ferne ein Lachen und folgte ihm. An den hohen Decken entflammten Kronleuchter und erhellten den Stuck.

An leeren Zimmern, in denen vergessene Pflanzen über aufgegebenen Betten wucherten, schritt ich vorbei zum Treppenhaus. Vier oder fünf Personen hätten hier bequem nebeneinander gehen können. Am Fuße der

Treppe stand ein Rollstuhl. Ich grüßte ihn wie einen alten Bekannten.

Mein einziger Begleiter beim Aufstieg war der modrige Geruch, der aus dem Keller nach oben drang. Ich erinnerte mich an die wahren und verborgenen Geheimnisse des Kellers, an einen Raum voller Katzenfutter und an ein geschlossenes Fenster, vor dem die Katzen miauten. Es war niemand mehr da, der ihnen das Fenster öffnete, trotzdem waren ihre Futtertröge immer gefüllt.

Im ersten Stock lag in einem Bett ein alter Mann, der achtzehn Jahre lang seine bettlägerige Frau gepflegt hatte. Nun kümmerte sich niemand um ihn. Er lag da und klagte den Geist seiner Tochter an, der nicht gehen wollte, nichts sagte, sondern ihn nur vorwurfsvoll ansah.

Ich ließ ihn in Ruhe. Seinetwegen war ich nicht gekommen.

Im zweiten Stock saß auf einem Stuhl ein Akkordeonspieler und sang alte Volkslieder. Ich warf ihm einige Münzen zu, doch seine Musik wollte mich nicht passieren lassen. Es dauerte, bis ich ihn wiedererkannte. Dabei hatte er sich nicht verändert, nur mein Bild von ihm. Ich ging zu ihm und gab ihm einen Kuss auf die Stirn.

»Schön, dass du gewartet hast«, sagte ich zu ihm. »Wir unterhalten uns ein anderes Mal. Ich habe die Geschichte nicht vergessen.«

Seine Musik umarmte mich und ließ mich gehen.

Im dritten Stock fand ich sie. Sie saß in einem Sessel am Fenster und sah hinaus. Das Rot war völlig aus ihrem Haar geflohen. Weiß und dünn stand es vom Schädel, von keinem Kamm zu bändigen. In ihrer Hand lag ein Waschlappen, mit dem sie nichts anzufangen wusste.

Ich nahm eine Schüssel und füllte sie mit Seife und Wasser. Dann ging ich zu ihr und half ihr, sich zu erinnern, wozu der Lappen in ihrer Hand da war. Es dauerte, bis sie verstand, aber ich hatte keine Eile.

Als sie sauber und herausgeputzt war, drehte ich ihren Sessel, nahm einen Hocker und setzte mich ihr gegenüber. Ihre Augen blickten ins Leere. Ich sah sie so lange an, bis sie mich bemerkte, und noch einmal eine Ewigkeit, bis sie mich erkannte.

Schließlich lächelte sie.

»Es ist gut«, sagte sie.

»Ich weiß das. Aber du hast es vergessen.«

»Nein. Das habe ich nicht vergessen. Ich werde gebraucht.«

Es war fatal, aber sie hatte recht.

»Es stimmt«, sagte ich. »Aber es ist gut.«

Dann ließ ich sie gehen, und sie ließ sich darauf ein. Der Akkordeonspieler folgte ihr.

Als ich das Gebäude verließ, war es vollends eine Ruine. Teile des Daches waren schon vor Jahren eingestürzt, dadurch war Regenwasser eingedrungen, das den Schimmel genährt hatte. Es war unbewohnbar, allerdings fehlte für den Abriss das Geld.

Meine Begleiterin war weitergegangen. Ich holte sie mühelos ein. Sie stellte keine Fragen, wunderte sich nicht einmal. Als wäre ich nie fort gewesen.

Ich übergab mich ihrer Führung. Sie brachte mich zu einem anderen Haus, einem modernen, mehrstöckigen Neubau, der dennoch eine wohltuende Behaglichkeit ausstrahlte. Er war mir seltsam vertraut, aber ich wusste nicht woher. Zwei Glastüren glitten geräuschlos zur Seite und ließen uns ein. Wir trafen auf eine andere Frau, die meine Begleiterin zu kennen schien. Ich war mir nicht sicher, ob ich sie schon einmal gesehen hatte. Die beiden Frauen waren im gleichen Alter. Ich hörte nicht zu, worüber sie sich unterhielten, denn etwas anderes fesselte meine Aufmerksamkeit.

Ein mannshoher Spiegel. Darin sah ich einen alten Mann, der zusammengesunken in einem Rollstuhl saß. Kein Haar, nur Altersflecken schmückten seinen Schädel. Der Bart war schlohweiß und akkurat gestutzt, wie vor vielen Jahrzehnten das Gras einer nun aufgegebenen Obstwiese. Seine von der Gicht krummen Hände ruhten auf einer karierten Decke, die seine nutzlosen Beine wärmte. Seine Lippen bewegten sich unentwegt, ohne dass eine Laut über sie kam.

Ich lächelte in mich hinein. Das ergab tatsächlich Sinn.

Meine Begleiterin schob mich in mein Zimmer. Sie fütterte und wusch mich. Mit Armen, die viel kräftiger waren als es den Anschein hatte, hob sie mich in mein Bett. Sie zog mir meinem Schlafanzug an und deckte mich zu. Dabei redete sie unentwegt mit mir,

obwohl sie nicht wusste, was ich davon verstand. Meine Lippen bewegten sich, ohne etwas zu sagen.

Als sie gegangen war, schloss ich die Augen
und dachte zurück an den Tag. Ich hatte erle-
digt, weswegen ich gekommen war.

Als meine Begleiterin am nächsten Morgen
in das Zimmer kam, war ich verschwunden. ◆

NACHWORT

Die meisten Erzählungen in diesem Band sind zwischen 2012 und 2015 entstanden. *Winterlichter* (aus 2017, mit einem für diese Ausgabe neu verfassten Abschnitt) bildet eine Ausnahme, besitzt jedoch Teile, die ebenfalls aus der Zeit stammen. Dass diese Texte einen inneren Bezug haben könnten, ist mir vorher nicht in den Sinn gekommen. Erst als ich sie für dieses Buch gesichtet habe, fiel es mir auf: Der Bezug bin ich.

Schreiben ist etwas Persönliches, das ist bekannt und muss eigentlich nicht wiederholt werden. Doch ohne mein bewusstes Zutun ist dieses Buch zu meinem bisher persönlichsten geworden. Trotzdem sind die Geschichten nicht autobiographisch. Wären sie es, dann würden sie aus einer Parallelwelt stammen. Letztlich geht es sowieso nicht um mich, sondern um die anderen: die Vergessenen.

Die Bezeichnung an sich kann als glatte Lüge verstanden werden: Ich habe sie nicht vergessen, denn ich habe über sie geschrieben. Hätte ich es allerdings nicht getan, dann wäre es vielleicht zu spät gewesen. Wir vergessen schnell, wenn wir nicht erzählen.

Das führt mich zurück an den Anfang, an jene Jahre, in denen die meisten der Texte entstanden sind. Es war eine turbulente Zeit. Sie war so schrecklich wie schön. Etwas nahm mich an die Hand und zeigte mir Begegnungen, Momente und Orte, die nicht vergessen waren, sondern bloß zwischen den Zeiten auf die richtigen Worte warteten. Heute verstehe ich, wohin mich das geführt hat. Und dafür bin ich sehr dankbar.

Die Geschichten in diesem Buch wurden ohne einen großen Plan geschrieben. Ich habe sie in einsamen Theaterwohnungen geschrieben oder erste Entwürfe in ein Notizbuch gekritzelt, während ich in einem Festivalzelt saß. Manche habe ich für Lesungen verfasst, die ich angekündigt habe, bevor ich wusste, was ich lese. Alle wollten und mussten zu ihrer Zeit geschrieben werden. Es ist schön, sie das erste Mal an einem Ort – in diesem Buch – zusammenzuführen.

Bei der Zusammenstellung des Buches habe ich kleine, behutsame Veränderungen vorgenommen. Die Geschichten waren damit einverstanden.

Mein Dank gilt den tollen Menschen, die dieses Buch und seine Geschichten möglich gemacht haben:

Christina – sowieso und für immer.

Meine Eltern, denen ich dieses Buch widme und die mir so viel ermöglich haben.

Isabelle Rondinone und Christoph Höhne, die mit scharfem Blick und gutem Geschmack geholfen haben, aus den Geschichten ein Buch zu machen.

Julian Gauda und Roman Kurth, die einen Narren eingeladen haben. Das führte mich auf die Fährte tatsächlich vergessener Dias. Zusammen mit diesem Schatz barg ich einige Geschichten, die mir besonders wichtig sind.

Conny Niermann, die mir mit ihrer Wohnküche einen Ort zum Schreiben und zum Vorlesen geboten hat.

Marcus Schlößer, der mir den Anlass zu einem besonderen Spaziergang gab.

Allen, die ich vergessen habe. Dieses Buch ist auch über die Lücken in unserem Leben, die uns nicht bewusst sind.

Mehr Bücher von Michael Masberg

8 Seelen
Kurzgeschichten, epubli
ISBN 978-3-7450-6301-1

Die ewig Lächelnde
Roman, Feder & Schwert
ISBN 978-3-86762-391-9

Salon der Schatten
Roman, Ulisses Spiele
ISBN 978-3-95752-322-8

Das Echo der Tiefe
Kurzgeschichten, Ulisses Spiele
ISBN 978-3-95752-127-9

Drachenschatten II: Der Nabel der Welten
Roman, Ulisses Spiele
ISBN 978-3-86889-215-4

Drachenschatten I: Der Kreis der Sechs
Roman, Ulisses Spiele
ISBN 978-3-89064-169-0

Sam Greb
Geschichten aus der Fieberwelt

Tauche ein in einen Ort des Exzesses, bevölkert von irrlichternden Gestalten, die drohen, sich in ihrem Rausch zu verlieren. Das Hässliche birgt in sich eine Schönheit, die dem Unvorsichtigen zum Verhängnis werden kann.

www.fieberwelt.de

Michael Masberg

Die ewig Lächelnde

Ein Roman in der Welt von Splittermond.

In der Zitadellenstadt Nuum galt die Ermittlerin Soldana Vitez einst als die Beste ihres Fachs. Doch dann beging sie einen folgenschweren Fehler und wurde zur Strafe in einen magischen Totenschlaf versetzt. Als Jahrzehnte später eine mysteriöse Mordserie den herrschenden Magierorden erschüttert, erweckt man sie aus dem Zauberschlaf. Ihre einzige Hoffnung auf Gnade ist, die Drahtzieher der Morde zu finden. Und so taucht sie immer tiefer in die verwinkelten Gassen einer Stadt ein, die ihr gleichzeitig vertraut wie fremd ist.

erschienen bei
Feder & Schwert
ISBN: 978-3-86762-391-9

MICHAEL MASBERG
8 SEELEN

Acht Begegnungen.
Flüchtige Einblicke in intime Momente.

Ein kaleidoskopischer Reigen von
Menschen, die wir kennen, und von
Begebenheiten, die uns vertraut sein
können.

ISBN Print: 978-3-7450-6301-1
ISBN Ebook: 978-3-7460-3582-6